詩集

写真の中の少年

沖縄発
児童・生徒の平和メッセージ

沖縄県平和祈念資料館・編

駒草出版

まえがき

この詩集『写真の中の少年』は、沖縄の児童・生徒から全国のみなさんに届ける〝平和のメッセージ〟です。

沖縄県平和祈念資料館では、毎年、沖縄県内の児童・生徒から平和をテーマにした図画・作文・詩を募集し、優秀作品の展示会を開催しています。この詩集には、1992年から2010年までの詩部門の最優秀作品を集めました。

この中には、戦争中、死の恐怖におびえながら生き抜いた少年の写真から命の大切さを考えた詩「写真の中の少年」をはじめ、平和について真剣に考えた詩が収められています。どの作品も、命の尊さ・平和の大切さについて作者の思いが素直に表現されており、平和な世界を守っていきたいとの強い決意が読み取れます。

65年前、アジア・太平洋戦争の終わり頃、沖縄で激しい地上戦がありました。沖縄は55万人の米軍に包囲され、18万人が沖縄に上陸して日本軍と凄まじい戦闘を展開しました。上陸した米軍の数は、沖縄にいた日本軍の約2倍でした。

この地上戦は約3ヶ月続きました。その間、おびただしい数の砲弾が打ち込まれ、住民は降りしきる砲火の下を逃げ惑い、命を奪われ、民家も畑も林も野原もあらゆるものが焼き払われてしまいました。そして、一般住民９万４千人、軍人・防衛隊・学徒隊の３万人を合わせると12万人余の沖縄県民の命が奪われたのです。日本軍人の６万６千人、米軍人の１万２千人を合わせると、実に20万人余りの尊い命が犠牲になったのです。この悲惨な地上戦のことを「沖縄戦」と呼んでいます。

沖縄戦の特徴は、軍人よりも一般住民の戦死者がはるかに多いことです。一般住民を巻き込む戦闘では、軍人よりも一般住民の犠牲が大きくなることを沖縄戦は示しています。

沖縄戦が終わり、生き残った住民は米軍が造った収容所で生活することを強制されました。その後、しばらくして故郷に帰ることを許された住民は、沖縄戦で地形や風景がすっかり変わってしまった故郷に、また、故郷が米軍基地になっている状況に呆然としました。沖縄戦で多くの家族を亡くし、家や畑を焼き尽くされ、また、宅地や畑を米軍の基地として奪われた住民は失意のどん底に落とされました。しかし、生きていくため、故郷を再建するために立ち上がり、互いに力をあわせて戦後の復興に取り組みました。そして、再び沖縄戦の悲劇を繰り返さないため、沖縄戦の体験を語り継ぎ、命の尊さ、平和の大切さを世界に強く訴え続けることにしました。

沖縄戦の体験は家庭で、地域で、学校で語り継がれています。それに、沖縄には、沖縄戦のときに爆発しなかった砲弾が、戦後65年経った今もまだたくさん地中に残っていて、それを処理するために近くの住民が避難しなければならないことが数多くあります。また、日本にある米軍基地の74パーセントが、日本の国土面積の0・6パーセントしかない小さな沖縄にあり、沖縄の人びとは米軍基地からの騒音や米軍機の墜落の不安を常に身近に感じながら生活しています。

『写真の中の少年』に収められた詩は、祖父母や親戚など沖縄戦を体験した身近な人の体験を聞く機会があること、数多くの戦跡などを普段に目の当たりに見る環境の中で育つことなどから生まれた作品です。作者の聞いた話や経験はそれぞれ異なっていますが、平和を愛する気持ちは同じです。

沖縄の児童・生徒のひたむきで純粋な〝平和のメッセージ〟が全国のみなさんの心に届いてほしいと願っています。

平成22年10月

沖縄県平和祈念資料館　館長　大川芳子

写真の中の少年——沖縄発　児童・生徒の平和メッセージ——　目次

焼きつくされ

語り継ぐ命のリレー

礎《いしじ》の前で

平和の意義

焼きつくされ

語り続けるアンガー

小学校・6年　　眞壁　政也

「あそこには入るなよ。」
おじいちゃんの言葉
その時のおじいちゃんの顔は
しんけんな顔
ぼくの家の前に昔からあるガマ
アンガー
のぞいて見た時
中は真っ暗で何も見えない
こわい
でも、中に入りたかった

自分の目で確かめたかった
昔、その中にだれがいたのか
昔、その中で何があったのか

六月二十三日いれいの日
おじいちゃんと二人で中に入った
おじいちゃんは話し始めた
五十九年前の夏
この沖縄に戦がやって来た
空から雨のように降るばくだん
人々はにげまどい
たくさんの人が命を落とした
子供、赤ちゃん、老人
罪のないたくさんの人々
赤ちゃんの泣き声で敵に見つかるからと

兵隊さんにおい出された母子
出荷場近くの池で
「ごめん、ごめん。」と泣きながら
我子を殺した母親
ばくだんでふきとばされ
体半分が、木にひっかかった人
どれもこれも
耳をふさぎたくなるような話
「戦はいやだ。死にたくない。」
ガマいっぱいにこだまする
たくさんの人の
二度と戦をおこしたくないという想い
平和を願う想いが
アンガーにはつまっている

アンガーは今も昔もそこにある
戦争の苦しさ、悲しさを
知ってもらうためにここにある
アンガーはいつも
ぼくに語りかける
もう二度と戦争をおこしてはいけない
命どぅ宝、命を大切にしなさいよと
未来もアンガーはここにある
ぼくは、アンガーを守り続ける
二度と戦争で使うことなく
平和を語りつぐ場所として

2004年　小学校最優秀作品
沖縄県糸満市立真壁小学校

この作品を書いたのは小6の時で、当時担任だった伊佐依子先生のもと、仕上げました。あれから6年経って、自分の作品がこうやって詩集に掲載されることを、恥ずかしながら光栄に思います。ありがとうございます。

祖父の話

小学校・6年　　奥間　友芽子

そこはとても静かな所だった
川がさらさら流れ　ちょうがまう
静かな所だった

祖父が八歳の時　戦争があった
米軍の上陸が確実になって
小禄から二日かけて山原へのひなん
一家全めつをおそれて
家族が二手に別れてのひなんだった
ところが　橋が軍によってはかいされ

それ以上北に進めず
やむなく見知らぬ集落にとどまり
小屋をかりてのそかいとなった
祖父の父は防えい隊員だった
家族の落ち着き場所を見届けると
責任があるといって南部にもどっていった
ほどなく
戦況ははげしくなり
祖父達は集落近くの山にひなんする
ごはんをたくのに　けむりを気にし
水をくみに行くのに　空を気にする
用たしで数センチの所にたまがあたる
死ととなり合わせの日々だった

ある夜おそく

祖父の父が馬でかけつけて来たという
家族の顔が見たくなったから会いに来たという
ねている祖父達の顔を
一人一人いとおしそうになでていたという
そして　任務にもどるという
祖父の母は必死にひきとめたが
またもどっていったという

それが　祖父の父の
生きた最後の姿だった

今春　祖父がひなんした地を
私は祖父とたずねた
川は整備され
海岸はだいぶうめたてられていたが

六十五年前と同じ静かな農村地帯だった
祖父は言う
もっと父と過ごしたかったと
もっと父との思い出がほしかったと
そして　祖父は言う
祖父の父のことを忘れないでほしいと

私は　八歳のときから
六月二十三日に
祖父と平和の礎を毎年訪れている
祖父は父の名前をじっと見つめるだけだ
でも
心の中でたくさんの話をしているのがわかる
七十三歳の祖父が子どもになるしゅん間だ
私はそんな祖父のそばで

祖父から受けついだ命に感謝している

礎にきざまれている人達は
歴史の中では名もなき人達だ
でも多くの名もなき人達の
たくさんのぎせいがあって
今の私達がいる
私は忘れない
祖父の父のことを
この地で戦争があったことを
私は伝えたい
祖父の父のことを
平和であることの大切さを

２０１０年　小学校最優秀作品
沖縄県那覇市立さつき小学校

祖父の思いを少しでも多くの人に知ってもらいたいと思いこの詩を書きました。
この本にのせて祖父の思いを少しでも多くの人に伝えられたらうれしいです。

光がはねて、とてもまぶしい

中学校・3年　知花　竜海

ポツリ、
ポツリと降りだした雨
久しぶりの雨
顔を空にむけ、身体をひろげ
うりずんの雨を全身でうけとめながら
僕は
走りすぎていく人たちを見ていた

五〇年前のこの雨の中
肉親を失い

傷をおい、手足をひきずり
食べるものもなく
着るものもなく
必死に逃げまどっていた人たちは
この降りしきる雨に
すべてを洗い流してほしいと
ねがったのだろうか

穴の中では
大人のうめき声、子どもたちが泣き叫ぶ
ザアーザアーと降る
この雨の音は
この声を消してくれただろうか
いやしてくれただろうか
きっと、さらに大きく、暗く、重くひびきわたらせたのだろう

僕はにくい
人の営みを、人の心を、生きる命を
一瞬にして無にする戦争が
僕はちかう
海と風のかおるこの島を二度と殺させないと……
僕はいう
世界中の人は皆愛しあえる

雨がやんだ
雨あがりのアスファルトに
光がはねて、とてもまぶしい

１９９４年　中学校最優秀作品
沖縄県中頭郡読谷村立読谷中学校

あれから15年、この詩を書いたことをきっかけに創作の道に進み、今ではプロのミュージシャンとして活動しています。

今月10月に辺野古の浜でピースミュージックフェスタというイベントを開催します。沖縄から平和を発信する活動。その原点にあるのはこの平和の詩です。

願い

中学校・2年　　松長　真理

広大な空は島を包み
風はやさしく木を揺する
この島を囲む青い海
みんなの愉快な笑い声
そういう中で
誰もが思ってもいなかっただろう
この島から
笑い声が消えてしまうなどと……

沖縄戦

お前は人間の愚かな心のかたまりで
作り上げられた
お前はその醜い手で
街も大地も
そして貴い人間の命も食べつくしてしまった
生まれてきたばかりの幼い命も
容赦なく炎の口へほうり投げた
誰もが泣き叫び　嘆き悲しんだ
「坊や　お母さんよーどこにいるの……」
お前はこの言葉の悲しみが分かっているのだろうか
二十数万余りの人々を
周囲の草木を全て食い物にしてしまった

たった一つしかない貴い命
その命を人と人が殺し合う

犠牲になった人達はどうなるのだろうか
戦争よ
私達は忘れない
弱い心一つ一つが
今　たくましくなったのだ
私達は　お前が二度とこの広く美しい
世界にやってこないように願っている
みんなが心を一つに
「平和」が永遠に続くことを願っている
きっと　きっとかなえられる
願いは一つ
やさしい心の一つ一つを積みあげて
大きな大きな平和の世界を築こう
育てよう
私達の手で……

1998年　中学校最優秀作品
沖縄県宮古島市立上野中学校

この作品は、友だちと戦争の話をし、作ったのを覚えています。現在は、昔よりも戦争の話題がニュースなどでよく聞き、普天間問題で、多くの人が沖縄について少しでも知ることができて良かったと思う反面、今だに世界中でも戦争が続いているのが、とても悲しい気持ちになります。

一つの水筒

中学校・2年　　新里　正哉

僕が見つけた
一つの水筒
僕が触れた
一つの水筒
その水筒を見て触れて
甦る　六十五年前

ダダダダダ
ドッカンー
住民が叫び逃げまどう中

耳をつんざくような
銃音
壕の中
日々息を殺し
生きた心地もしない毎日
「子供が泣いたら殺される」
口の中にタオルをつめて
小さい命をつぶす
その現状を
今までの生活で
少しも
想像しなかった
当然
僕はその時代を見てもない
生きてもない

けれど分かる
その残酷さ
その悲惨さ
その無惨さ

真っ黒にこげても
いくら傷がついても
こわれない水筒
中身は一滴の水
水筒の持ち主は
どんな思いで
水筒を持っていただろう
中身にたくされた
伝えたい思い
それを自分が受け取りたい

赤い炎で包まれる家
さも楽しそうにガムをかみ
笑い合う米兵
煙をかぶる住民
飛び散る血
白旗の少女
いろいろな事が頭をよぎる
あれから六十五年
平和な世になった
なったはずだった
しかし
「自殺」
「イジメ」
「犯罪」
ニュースが報じる現実

その人たちに
知ってほしい
過去を
戦争ほど　最悪な事はない
あの現状では誰もが
生き残りたい
家族に会いたい
また太陽の下で笑い合い
遊びたいと思った
生きたくとも
生きられない
現実があった

だから
知ってほしい

そして
あの思いを受け取り
心でよく考えてほしいと思う
一つの水筒と共に

今から　十年後　二十年後
ぼくたちは太陽の下
笑い合っているだろうか
それとも
同じあやまちを
また繰り返しているのか
まだ　分からない
でも　今からでも
一人の心が変われば
皆が変わる

皆が変われば
地球も変わる
だから
今から皆で考えよう
一つの水筒の中にある
皆の魂とともに

２０１０年　中学校最優秀作品
沖縄県浦添市立仲西中学校

今回はこのような賞がとれてとてもうれしかったです。僕はその時代に生まれてはいないけど、詩を書くことによって戦争の残酷さなどがよくわかりました。今からでも世界中の人たちといっしょの気持ちになって平和な世界をつくっていきたいと思います。

唱えます　平和の尊さを

高等学校・1年　　仲地　愛

晴れた休日
さわやかな風に誘われて
父の車は南へ南へと走る
窓の向こうに見える青く澄みきった空と
エメラルドの大海原
ラジオから流れる心地よいメロディー
家族のなにげない会話と笑い声に
「幸せを感じる」と母がつぶやいた

車を降り立つと

どこまでも続く緑のさとうきび畑
チョウチョを追う弟の後で
道ばたの草花を手に取り散策を楽しむ
風にゆれるさとうきびの間から
見え隠れする家並み
不思議に　私の足が立ち止まる
背丈ほども伸びた雑草に埋もれた石垣
その朽ち果てた石垣がつぶやいた
「私の家族はいつ帰って来るのだろう」と

石垣はつぶやいた
私のまわりでは　子ども達が楽しくとびはね
私の側では　おじぃとおばぁの話がはずみ
私の横に　赤子をあやす母と
漁の準備をする父がいた

朝日に向かい　笑顔で家族を送り出し
夕暮れになると
家族の帰りを今か今かと待ちわびて
「ああ　いい一日だったね」
と温かく迎えた
荒れ狂う雨と風がどんなに吹こうが
自然の猛威に立ち向かい家族を守ってきた

石垣は悲しみに嘆いた
守ることができなかった……
赤く燃える鉄の暴風
真っ赤に燃えた鉄の雨が容赦なく
四方八方からたたきつけた
炎はあの青い空を真っ赤に染め
赤瓦の屋根は燃え尽き崩れ落ちた

子ども達は泣き叫び　私の側を逃げまどう
母は叫び　赤子を背負い
炎と砲弾の雨の中　子ども達の手をにぎり
必死に逃げたが
緑の大地さえも焼きつくされ
家族を守ることができなかった

石垣がつぶやいた
私はひたすら家族の帰りを待ちつづけた
でいごの花が咲き月桃の花が咲いても
家族は帰ってこない
待てども　待てども
帰ってくるはずのない家族
いつしか　生い茂る雑草に埋もれ
朽ち果て力つきていくのがつらい

戦争さえなかったら……
戦争さえなかったら……
今日も「お帰りなさい」と
家族を迎えることができたのに
今日も
家族と一緒に楽しく笑うことができたのに
今はもう私だけ
晴れた日も雨の日も　ひとりぼっち
笑うことさえもできない

石垣に私はつぶやいた
あなたの家族　あなたの思い
無駄にしません
戦争の愚かさと
戦争で失う悲しみの大きさを訴えます

そして　平和の尊さを唱え続けます
海を越え　国境を越え
世界中が手と手をとりあい
喜びと幸せをわかちあい
世界中が平和と笑顔であふれるその日まで
I hope the peace of all over the world.

２００７年　高等学校最優秀作品
沖縄県沖縄市県立球陽高等学校

　家族で沖縄南部へ訪れたとき、家並みのところどころに荒れた空き地がいたるところにあることに気づき、地域の方からの話を聞きこの詩ができました。

　かつて家族が洗濯や炊事で使った井戸の跡やかすかに残る門構えや石垣。戦争で焼き尽くされて、歳月とともに残ったのは屋敷の石垣だけに。それも生い茂る草にうもれていく。「忘れてほしくない。ここで暮らしていた家族のことを」今にも崩れ落ちそうな石垣が話しかけてくるようでした。

語り継ぐ命のリレー

祖母の笑顔

小学校・6年　　西銘　浩子

父のふる里に帰ると、
とてものどかな感じが伝わってくる。
さとうきびの葉のささやき、
そう音のない静かな道。
私は、畑の道をどんどん入っていった。
すると、そこには　池があり、
イモリが遊んでいた。
そんなのどかな自然が私は好きだ。
ケンカもない、争いもない場所。
私が、一番「平和」を感じる場所だ。

おばあちゃんは言う。
「健康でいられることがおばあは幸せだ。」と。
戦争を生きぬいてきた、おばあちゃんの言葉の、一つ一つが
私の心にとどいた。

おばあちゃんからお父さんへ、とうとい命がうけつがれ、
今、ここに、私がいる。
もしかすると、
これが、平和のあかしなのかもしれない。
争いのない平和な世界。
平和について考える時。
私はいつもおもいうかべる。
おばあちゃんのあの笑顔を。
おだやかでやさしい、元気な笑顔を。
そして心から願う。

世界中のだれもが、
そんな笑顔でいられるようにと。

２００２年　小学校最優秀作品
沖縄県名護市立大宮小学校

12歳のときの詩を読み返して、改めて平和ということの素朴さと大切さを感じました。当たり前のようなこの日常こそが平和の証であり、一番尊いものだということを忘れずにいたいと思います。

ねぇ聞かせて

小学校・3年　　嘉納　英佑

ねぇ、おじいちゃん聞かせて
六十二年前のできごとを
ぼくの住むこの沖縄でおきた
かなしいできごとを
ぼく、しっかり聞くから教えて
どんなことがおこったの？

おじいちゃんは、あのとき五年生
おじいちゃんのお父さん、お兄さん二人
へいたいさんとして、戦地におくられた

かなしいけど、さびしいけど、
かなしいなんて、さびしいなんて
言えなかったんだよ
それがあたりまえだったんだ
戦そうなんていやだって
言えなかったんだよ
沖縄は、まけない
日本はかつって信じていたからね
がんばって、ぜったいかって
としか、言えなかったんだ
こわかったよ
たくさんの人が血をながし
なくなっていったからね
かなしかったよ
大切なもの、人、家、動物たちも

すべてなくなったからね
心の中にかなしみだけが
のこっちゃったよ
あらそいは、せんそうは
なんにもいいことないよ
かっても、まけても
きずつけた方も、きずつけられた方も
ずっと、ずうっと
心にきずがのこるんだ
六十二年たっても、この大きな心のきずは
消えやしないよ
人の命はたった一つ
だれにもその大切な命を
うばうことはできない
かってにきずつけてはいけない

命あってこその自分だ

ねぇおじいちゃん
おじいちゃんっていっぱいかなしい思い
さびしい思いしてきたんだね
かなしい、さびしいできごとのりきって
強くがんばってきたんだね
おじいちゃんぼくやくそくするよ
自分のこと大切にするよ
そして家ぞくのことも
友だちのことも、大切にするよ
みんな、みんな大切な人間だもんね
世かい中のみんなの命大切にするよ
おじいちゃん、ぼくやくそくするよ
たたかいなんて、戦そうなんて

ぜったいやらない
大切なものがうばわれていくだけだから
これからも
すてきな沖縄、日本、世かいになれるように
ぼくも六十二年前のできごと
戦そうをわすれない。

2007年　小学校最優秀作品
沖縄県中頭郡読谷村立読谷小学校

祖父が元気なあいだに、祖父が経験したことをしっかり聞いておきたいです。祖父から、すべての経験を聞いたわけではありません。自分が聞いたことを、大人になってから、自分の子どもにも伝えたいと思います。

世界を見つめる目

小学校・４年　　嘉納　英佑

やせっぽっちの男の子が
ほほえみながら、ぼくを見つめた
テレビの画面の中で……
ぼくも男の子を見つめた
どんな事があったの？
何があったの？
何も食べる物がないんだ
でも、ぼくは生きたい
くるしいけど、あきらめない
ぼく　がんばるよ

えがおが　あふれる
生きる人間の力強さを感じた
ぼくは　真実を見つめる目を
持ちたいと思った

悲しそうな目をした女の子が
なみだをうかべながら、ぼくを見つめた
テレビの画面の中で
ぼくもその女の子を見つめた
なぜ、悲しい顔をしているの？
なぜ、ないているの？
せんそうで、家族もいなくなっちゃった
家も　友達も
全部、全部なくなっちゃった
悲しいよ　さびしいよ

どうすればいいの　助けて
大切なものをなくした人間の弱さを感じた
ぼくは　涙をふいてあげる
やさしい手を持ちたいと思った

きずだらけの男の人が
苦しそうな顔をして　ぼくを見つめた
本の写真の中で……
ぼくも男の人を見つめた
どうしたの？
いたいでしょ　大じょうぶ？
あらそいからは　なにも生まれはしない
おたがいにきずつくだけ
にくしみがつのるだけ
人間のおかしたあやまちの大きさを感じた

ぼくは　やさしくてあてしてあげる
あたたかい心を持ちたいと思った

ぼくのとなりで
おじいちゃんが
自分の目で見てきたできごとを
ぼくに伝えた
苦しかったせんそうのできごと
おばあちゃんが
自分が体験してきたできごとを
ぼくに伝えた
こわかった　そかい先でのできごと
お父さんが
自分が聞いたできごとを
ぼくに伝えた

食べる物がなく　苦しんでいる人がいる事
家がなく　つらい思いをしている人がいる事
家族とはなればなれになってしまっている人
ざんこくでひさんなできごと
悲しくなった　つらくなった
お母さんが何も言わず
ぼくをだきしめた
むねがいっぱいになった
あたたかいぬくもりが
ずっとずっと　ぼくの中にのこった

みんながしあわせになれるように
ぼくは、
世の中をしっかりと見つめ
世の中の声に耳をかたむけたい

そしていつまでも
やさしい手と
あたたかい心を持っていたい

2008年　小学校最優秀作品
沖縄県中頭郡読谷村立読谷小学校

いまも、世界のあちこちで戦争が起こっています。一日もはやく、人と人が争う、戦争が終わり、平和な世の中になって欲しいと願います。

沖縄は、戦争のあと、基地がつくられました。この基地をめぐって、いろいろな問題があります。戦争のことと基地の問題について、これからも考えていきたいと思います。

未来へ

中学校・3年　上地　愛美

木々の間から
太陽の光がさしこむ
闇が大きく口を開けている
戦争の恐怖を胸に
中へ――
ここは、ガマの中
今、静かに目を閉じる
助けを求める声が
風となって聞こえる
悲しみ、苦しみの泪が

岩から滴となっておちる音
ここには戦争がある
形として残っている
57年前
鉄の鳥は、一瞬にして
島を破壊してしまった。
鉄の雨をふらした人々と
平和をのみこんだ
幼い命を、尊い命を
自然を、動物を
気持ちや感情までも
飲み込んでしまった。

怖さのあまり
目があけれなかった

この悲劇を忘れてはいけない
これからも、ずっと　ずっと
今、私達にできること
それは、
みんなで平和の扉を
ひらくこと
平和の空気を吸い
歩きだすこと
戦争の苦しさを
怒りを
悲しみを
誰かにぶつけるのではなく
その痛みを
平和のメッセージとして世界に
発進するのだ

にぎっていた両手から
汗が流れおちる
ガマを出で光へ――
沖縄の地を今、
力強く踏む
あたたかな空気を感じる
私は願う
この地が笑顔としあわせという花で
あふれるように
私は祈る
未来への贈り物として……。

2002年　中学校最優秀作品
沖縄県宮古島市立下地中学校

平和が沖縄から世界へ広がってほしいと願って書いた作品で、日本だけじゃなく世界中の人びとに読んでもらいたい。
We all hope world peace.

平和の風にのって

中学校・3年　　金城　恵里奈

さとうきびの揺れる間《はざま》から
かすかに聞こえる小さな声
もう見ることのないあの笑顔
あの時に流した涙が忘れられない

山も野原も草や木々が
青々と茂る
当時10歳だったおばあに
「おみやげ」
とお菓子を買ってくれた兄

家族の為に洗濯物を
きれいにたたんでくれた母
いつも時計とにらめっこ
仕事に厳しい怖い父
兄がいて、姉がいて、
喧嘩して、仲直りして、
泣いて、笑って……
隣で微笑む父と母

その安らかな暮らしを
奪《うば》っていったあの悪魔

深く瞳《め》を閉じると
昨日のように思い出すあの光景
真っ黒になった空

真っ赤になった海
どこかに導くかのように上る煙
全部が焼け野原となった

幼い末娘だったおばあも
あの日から58年

忘れたい　忘れたい
でも忘れられない
昭和19年　10・10空襲
忘れたい　忘れたい
でも忘れられない
昭和20年　6月23日終戦
終わった。終わった。
何が終わった？

あの日から
終わりは始まり
苦しい、苦しい、
始まりだったんだね
この悲しみは消えない
戦《いくさ》という言葉が消えない限り

花をもぎとるように
命をもぎとった戦
温かな笑い顔を
一瞬でもぎとった戦
種をまいても、まいても
心の空洞はうまらない
今もなお
テレビに写し出される

つぶらな瞳の奥底の
心の叫びが
聞こえないのか

「大丈夫。
もう大丈夫だよ、
おばあ」
心の中で叫んだ
ちゃんと受けついだよ
平和が何か
殺し合いがなく
いくら貧乏でも
温かな心をもてて
笑っていられるのが
本当の平和だ

人は皆、
あまえたい時に
あまえられる
場所が欲しいよね
「お母さーん」と呼ぶと
返事する
手をつなぐと温かい
ぬくもりが伝わる
それが永遠に続くことを願う

小さな心を合わせて、合わせて
大きな国になった
平和の心を合わせて、合わせて
大きな鳥になる

大きな鳥になり、手を合わせ
みんなで大空に舞い上がろう
平和という風にのって……

2003年　中学校最優秀作品
沖縄県南風原町立南星中学校

　何年経ってもこういう形で残っていくことはとても光栄で、考え深いものがあります。この先もずっと平和に対しての思いが受け継がれいくことを心から願っています。
またこれで、おばあ孝行ができました。ありがとうございます。

願いよ届け

中学校・3年　　金城　龍太郎

この青く澄んだ空の下
優しい風に吹かれ
登校する
耳を澄ませば　聞こえてくる
草ぜみの声
アカショウビンのかろやかな鳴き声
木々の葉が揺れる音
目を閉じれば　見えてくる
海の青　輝くさざ波
香り漂う月桃の花

島の人の笑顔と温もり
この優しさにあふれる風景が平和の証

でもこの海の向こうの
遠い国では
今　戦争が行われている
自分と同じ年の子が
犠牲になって命をおとしている
苦しみと不安の中で
遠いところで起きているけど
人ごとじゃない
だって六十年前
この国で
この島で
戦争は起きたのだから

沖縄戦を伝える資料を見る
僕の目に映るのは
まさに地獄絵図
壕の前の複数の死体
人の心の奥にある悪魔を映しだし
生き残った女の子の瞳は
戦争の恐ろしさを
焼け野原になり　荒れ果てた土地は
戦争の無惨さを
訴えかけているかのようだ
遠くを見つめるおじいは
何を考えているのだろう
笑っているアメリカ兵は
何を思っているんだろう

あのとき生まれていたら
どうなっていたのだろう
その答えはわからないし
おじいやおばあが体験した
戦争の恐ろしさは
たぶん一生かかってもわからない
だけど
少しでも知ろうと
努力することが大切だ

あの日の叫びは
今や世代を超えて
平和へのメッセージとなり
この島にも
緑と笑顔が戻った

でも
忘れてはいけない
沖縄の戦後六十年の歴史の悲劇を
二度と繰り返してはいけない
あの誤ちを

夕日色に染まった
下校時の空は
全てを抱え込んでくれるような
気がした
まるで
人間がおかした罪を
許してくれるかのように……

こんな自然と

平和なこの島が好きだ
だから戦争はしたくない
もう二度と戦争は起こさない
自分の心に固く誓った
戦争の恐ろしさを語りついでいくのだ

明日も晴れるといいな
あの夕日を見て思った
明日も平和だといいな
あの一番星に願った
願いよ届け
変わらない明日へ
守り続けたい僕らの未来へ

２００５年　中学校最優秀作品
沖縄県石垣市立名蔵中学校

私は、自分の島の美しい自然を見つめ直した時に、昔の多くの犠牲のうえに今の島の自然、自分たちがあることに気づいてこの詩を書きました。私は今、アメリカで国際関係学を学んでいますが、今の私を動かしているのは、平和を願う当時の純粋な自分です。

写真の中の少年

中学校・2年　匹田　崇一朗

何を見つめているのだろう
何に震えているのだろう
写真の中の少年
周りの老人や女性、子供は
身を寄せ合って声を殺しうずくまっている
後ろでは逃げ出さぬようにと
鋭い眼光で見張るアメリカ兵
その中で少年はひとり一点を見つめている
何を思っているのだろう

とうとう戦争はやって来た
いつ来るとも知れない恐怖に怯えながら
必死に生きてきた
少年のもとに
悪魔はとうとうやって来た

戦争で異郷の地にいる父や兄に代わって
ひとり毎日山へ行き
家族を守りたいその一心で
防空壕を掘り続けた少年
しかし無情にも堅い岩が
少年の必死の思いをあざ笑うかのように
行く手を阻み掘り進む事ができない
手には血豆
絶望感と悔しさが涙とともにあふれ出た

とうとうやって来た
奴は少年のすぐそばまでやって来た
殺される　死ぬのだ
そんな恐怖が少年を震わせ凍らせた

やっとの思いで入れてもらった親戚の防空壕
泣きじゃくる赤ん坊の口をふさぎ
息を殺して奴の通り過ぎるのを祈った
少年は無我夢中で祈った
しかし祈りは天には届かなかった
壕の外でアメリカ兵の声
「出て来い」と叫んでいる
出て行くと殺される
「もう終わりだ」
少年は心の中でつぶやいた

先頭に立って出て行こうとする母親を
少年は幼い手で必死に引き止めた
けれどいつしかその手は離れ
母親はアメリカ兵の待つ入り口へ
それに続いて壕の中から次々と
少年や親戚が出て行った
写真はまさにその直後に撮られたものだ

とうとうやって来た
恐怖に怯え　夢や希望もなく
ただ生きることだけに
家族を守ることだけに
必死になっていた少年のもとに
悪魔はやって来た

写真の中の少年
一点を見つめ何を思っているのだろう
写真の中の少年　僕の祖父
何を思っているのだろう
どんな逆境の中でも最後まであきらめずに
頑張って生き抜いてきた祖父
だから今の僕がいる
命のリレーは
祖父から母へ　母から僕へと
つながった
あの時祖父が生きることをあきらめずに
必死で生きてきたから僕がいる
だから
自分で自分の命を絶ったり
他人によって奪われたりということは

いつの世でも　いかなる場合でも
決してあってはならないことだ

僕がいる
必死で生き抜いてきた少年がいたから
僕がいる
僕はその少年から受け継いだ
命のリレーを大事に絶やすことなく
僕なりに精一杯生きていこう
また少年から聞いた
あの忌わしい戦争の話を
風化させることなく
語り継いでいこう

２００７年　中学校最優秀作品

沖縄県那覇市沖縄尚学高等学校・附属中学校

あれからもう3年が経ち、自分自身も大学受験へ向けて頑張っていますが、今考えてもあの日、あの時、あの瞬間は自分にとって、とても貴重な経験であり、また沖縄戦の悲惨さを祖父に代わって伝えられたことにとても誇りを持っています。そしてその思いを込めた詩を本にしていただき、一人でも多くの戦争を知らない人びとに伝えられたらと思っています。そして、一人でも多く戦争について考え、何か感じるものを見つけてくれればと思っています。

一通の手紙

中学校・3年　　金城　美奈

それは六十三年前に届いた
一通の手紙
当時二十歳前後だった祖父の兄が書いた
一通の手紙
三中学校から両親宛に送られた
一通の手紙
その手紙は彼の人生の中で
最後に書かれた最後の手紙だった

手に取ると

彼の温もりが伝わってくる
六十三年という長い時を経た今でも
この手紙は優しい温もりに包まれている

少し色あせていて
所々しみもついている一通の手紙
手紙は月日が流れるとともに
古くなっていくけれど
彼の書いた言葉は
古くもならず新しいわけでもない
当時と同じなだけ
ただそれだけのこと
それだけのことなのに
彼がどんな思いでこの手紙を書いたのか
伝わってくる

強引に入り込むのではなくて
優しい風が吹いたかのように
すうっと心に届いてくる

両親への心遣い
弟たちへの気遣い
勉強のこと
この手紙に戦争に関することは
何一つ書かれていない
戦争はもう目の前に迫っているというのに
もうすぐ戦争が始まるというのに
この手紙に戦争に関することは
何一つ書かれていない
書かれていなかったのではなくて
書けなかったのだろう

戦争を批判するような行為は
許されなかったのだろう
だから彼は
自分を励ますためにも
前向きに生きていくためにも
戦争のことには一切ふれず
一通の手紙を送ったのだろう

残された両親
残された弟たち
戦場に行ってしまう自分
離れ離れになる家族

彼は自分の身がどうなるのか
わからないことを

察していたのかもしれない
この手紙に書いていなかっただけで

祖父の兄の優しさが伝わってくる
両親の手伝いをしたことを喜びと感じ
弟たちが立派な人になれるように
気遣うことを忘れない

常にどんな状況においても
思いやることを忘れない
たとえ戦争が迫っていても

この手紙が私の元へと渡る時
あなたはもういない
六十三年前という遠い昔から

時間が止まったまま
早めることも遅らせることも
時間を巻き戻すこともできない
針はずっと止まったまま

だけど
こうして月日が流れたから
私は戦争の悲惨さや冷酷さを
知ることができる
心に刻むことができる

一通の手紙が
曾祖父母から祖母へ
祖母から　母へ
母から　私へ

誰一人として途切れることなく
伝わっていく
戦争を知らない私に
教えてくれる
六十三年前のことを

今は青く澄んだ空も
六十三年前は違っていた
今は白く光っている海も
六十三年前は違っていた
今はにぎやかな街も
六十三年前は違っていた

戦争のことは何一つ書かれていないけど
一通の手紙が語る

六十三年前の真実
写真やビデオとは違う
一通の手紙から伝わる
確かなもの
これはきっと彼が
誠実で素直な人間だから伝わるのだろう
文字一つ一つに
思いを込めて願いを込めて
丁寧に書かれた
一通の手紙

私はこの手紙を読んで
語り継いでいくことしかできない
ただそれだけのこと
だけど

それだけのことでもいいから
私はこの手紙の力になりたい
今から五十年後も百年後も
この手紙を誰一人として途切れることなく
伝えていきたい
守っていきたい

六十三年前に起こしたあやまちを
これから先ずっと
二度と繰り返さぬよう
人々は進歩しなければならない

悲しみで空を覆うよりも
喜びで空を覆いたい
戦争という言葉で世界を表すよりも

平和という言葉で世界を包みたい
雷鳴がとどろく荒れた空じゃなくて
穏やかな太陽の光が降り注ぐ
希望に満ちあふれた空であってほしい

そして
誰もが戦争という恐怖に脅えることなく
誰もが悲しみに打ちのめされることなく
誰もが自由に生きていくことができる
そんな世界になってほしい

未来を切り拓くのは私たち
可能性を消滅させるのも私たち

だから

世界が少しでも平和になるように
平和と呼べる日がやって来るように
一歩一歩進んでいこう
人間としての心を忘れずに

平和を願うだけでなく
思いやりの心をもつことも大切なこと
少しずつでも進んでいくことも大切なこと
生きているだけでも幸せだと感謝すること
平和な世界へ一歩一歩近づいていこう
それは
六十三年前に届いた
一通の手紙が教えてくれたこと

２００８年　中学校最優秀作品
沖縄県浦添市立仲西中学校

この詩は、私の祖父の兄が三中学校から送った最後の手紙を元に、私が感じたことを書いたものです。その手紙から、私は確かに温もりを感じました。今思い返すと、手紙は優しさに包まれた光のようで、生きているようでもありました。読む人の心が素直に、そして優しくなれる手紙でした。

私は「一通の手紙」を書いて、平和の大切さ、生命の尊さと向き合いました。そして、平和に対する関心や考え、思いはさらに深くなりました。

平和の礎に祖父の兄の名前を見つけた時は、この小さな文字一つ一つには表すことのできない人生が、彼にはあったのだろうと考えました。それは人の尊さを知った瞬間でもありました。

人びとが互いのことを尊重し合えば、いつしかそれが国境を越え世界の平和に繋がると、私は信じています。「一通の手紙」は、私の平和に対する姿勢を変えてくれたのです。

記憶の悲哀

高等学校・3年　　松田　望美

大好きな　大好きだった
私のおじいちゃん

私が「戦争って何?」と聞くと
「後悔だよ」って　悲しげな顔で
おじいちゃんは私に答えてくれた

ある日　おじいちゃんに
おじいちゃんの悲哀って何?　って聞くと
「自分があの日だけ

残酷になってしまった時かな」
青い空を見上げながら
そう　おじいちゃんは
さびしげに言った

ある夜　おじいちゃんが
「戦争は　決して終わった訳では
ないんだよ」って言ったから
私は　戦争はまた起こるの？　と
泣きながら言った
「嫌だ　いやだよ
戦争って　死ぬんでしょ？
とっても苦しいんでしょ？
嫌だよ　いやだよ……。」
そんな私の頭をなでて

おじいちゃんは私に言った
「我儘を言うんじゃないよ
苦しむのは　お前だけでは
ないのだから
しかし　覚えておいで
戦争が起こるか　起きないかは
お前たちの志次第なのだから」
そう言った　おじいちゃんは
私に　おやすみのキスをくれた

まだ幼かったあの頃の私
まだ　戦争の本当の意味を
理解っていなかった昔の私

でも

今なら分かるよ　おじいちゃん
おじいちゃんが　何故あの時
私の問いに「後悔」と答えたのか
それは
私たちが守らなければならない
人々の悲しみと絶望がつくり出した
壊されない戒めなのでしょう?
もう　誰も傷つかないように
誰も苦しまないように

無邪気に笑っていたあの昔の頃を
取りもどすために
そんなおじいちゃんの気持ちを
おじいちゃんが逝ってしまった後に
分かってしまうなんて

おじいちゃんが
とても健気に見えた
でも　そこまでしてまで
「平和」が欲しかったのは
人々の願望なのかも知れない

ねえ　おじいちゃん
おじいちゃんの悲哀って
やっぱり
戦争中に人を殺めてしまった
事なの?

そう思って
罪悪感を感じていたのなら
おじいちゃんが生きているうちに

許してあげたかった
おじいちゃんの戦争は
もう終わったんだよって
言って抱きしめて
あげたかった

でも
もうおじいちゃんはいない
もう私におやすみのキスをくれない
そう思うと、
いつも涙が流れてしまう

希望をもってもいいんだよね？
おじいちゃんたちが守ってきた

おじいちゃんが好きだった
この青い空と世界を
ねぇ
おじいちゃんが
私に語ってくれた「平和」
現実になるといいね

ね?
私の大好きな　おじいちゃん

２００１年　高等学校最優秀作品
沖縄県読谷村県立読谷高等学校

「戦争」という意味や連鎖する悲劇を思えていた頃は、今もむかしも気持ちは変わりません。

日本では戦争経験者が亡くなっていく中で、たとえば未経験者の方が戦争について子どもたちにどう伝えていくか、憂うばかりです。戦争という負の歴史について、将来、どう人びとに受け継がれるか、深く関心がいくところです。

礎の前で

平和のいのり

小学校・6年　　比屋根　憲太

石に刻まれた家族の名に
涙を落とす祖母
なんの形見も残っていない石に
声にならない声で
石をさすり
石をだきしめる
小さな声でとても小さな声で
「本当は話したくないサー」
少し首をかしげて
空を見上げる

人さし指の大きさの大きな傷
あごと左腕に残る
戦争の傷あと

祖母は傷の手当てをするために
水くみに行った
防空ごうに姉を残し　母と二人で
そのあとすごい光と音が……
そのまま姉はもどらなかった
「いっしょに連れて行けばよかった」
「ごめんね　ごめんね」
と何度も何度も
きたときよりも
石を強くさすり
石を強くだきしめる

ぼくはもう声を上げて泣いていた
そして祖母の背中をずっとさすった
こんな青い空に
こんなおだやかな沖縄に
戦争は似合わない
祖母のくしゃくしゃな涙も
似合わない

そんな祖母はもう今は歩くことが
できない
毎日毎日空を見て
きっと
生きている喜び
生き残った悲しみを感じて
いるのだろう

ぼくは車イスをおして
祖母のいのりを引きつぐ
戦争のない平和な国を

２００９年　小学校最優秀作品
沖縄県南城市立大里北小学校

　この詩は祖母の戦争の話をもとにつくりました。去年は車イスで体調が悪く慰霊祭に行けず、僕と父と母で行きました。そして今年は病院に入院しています。話もうまくできません。戦争の悲しみを受けた人たちがどんどん年老いていきます。だから僕たちは詩や作文にして平和をいのりたいです。

白南風《しらはえ》吹くころ

中学校・3年　照屋　全宝

太陽が
海の彼方から静かに昇る
おだやかな海が
曙《あかね》色の陽の光に染まる
静かな六月の朝
摩文仁の丘の静かな朝
僕は大きく背のびして
スゥーと息をすいこんだ
平和だ
僕は平和を感じる

静かな朝に平和を感じるのだ

どっしりと建つ礎
空までのびる白い線香の煙
おじぃやおばぁ達は
父や母達は
子供達は
祈る
この地には沢山の人々が眠っているのだ
僕達は
その人々の上に立っているのだ
そんな風景に出会う度に
僕はこの地で起こった戦争のことを
想う
小さな花束を捧げ

僕も祈る
安らかに眠るよう祈る
全世界の平和を祈る
そして
青い空に消えていく白い煙を
ずっとずっと眺めていた

急な階段を下っていく
周りの木々が突然姿を消し
白い砂浜と碧い海と青い空が
僕の目にとびこんできた
つんと香る潮の香
小さなヤドカリが
足元を走っていく
誰もいない海

静かな海
こんな風景が
五十九年前
べったりと血で塗られたのだ
僕と同じ齢の少年が
父が母が
おじぃがおばぁが
この砂浜の上で息絶えたのだ
ざわめく波の間に
人々の叫びと泣き声が聞こえる
僕の頬を涙が濡らす
そして一粒の涙が砂浜におちた

陽《ひ》は沈んでいく
空に鴇《とき》色や 橙《だいだい》色の織物を織っていく

四角い小窓に夕陽がはめ込まれ
あたたかい陽が僕を抱《いだ》く
人々の祈りは
高らかな平和への讃歌となり
大地をゆるがす
静かにそして厳かに
平和の陽は沈んでいった

人々は静かな夜をむかえた
満天の星々が煌めいている
今日も星々は
優しく僕を照らす
食卓にはあたたかいご飯がならぶ
家族そろっての団欒のひととき
楽しげな笑い声が聞こえる

いちばんの至福の時間
平和……
これが平和というもの
流星だ
平和への願いこめ
ここ沖縄から
たくさんの星達を流そう
世界の人へとどけ
平和への願い
平和のメッセージ

2004年　中学校最優秀作品
沖縄県那覇市沖縄尚学高等学校・附属中学校

毎年慰霊の日には家族で戦跡などをめぐっており、その時のシンプルな想いを詩という形で表現しました。些細なありふれた瞬間に平和を感じるありがたみはどの時代においても存在すると思うし、また存在しなければなりません。また、同時にあの戦争の記憶を想起する空間・時間の重要性は高まっていると思います。今後とも平和メッセージという取り組みが続いていくよう願っています。

礎は語る

中学校・3年　　仲地　愛

青く澄みきった空
空を飛びかう小鳥たちのさえずり
風にゆれる波の音
ゆっくり目を閉じ
そっと礎に手を合わせ
耳をすませると
時間《とき》を忘れ
平和を祈る
礎は震えた
この美しいエメラルドの海

青々と茂る木々
色鮮やかに咲きみだれる花々
自然あふれる沖縄が
平和な生活から一変
地獄へと変わり果ててしまった……
あの日のことが忘れられないと

ゆっくり目を閉じ
そっと礎に手を合わせ
耳をすませると
礎は語った
六十年前の悲劇を無駄にしないでと
幼い命が
父や母の命が
友の命が

兄弟の命が
奪われた出来事を忘れないでと

ゆっくり目を閉じ
そっと礎に手を合わせ
耳をすませると
礎が涙を流した
Mother にもう一度会いたかった
Mother を抱きしめると約束したのに
お母さんにもう一度会いたかった
帰ったら田植えをすると約束したのに
オモニにもう一度会いたかった
必ず背負ってあげると約束したのに
こんなに遠くの島に来てしまって
お母さん、

Mother

オモニ
あんまぁ
もう一度会いたかった
お帰りなさいと抱きしめてほしかった

ゆっくり目を閉じ
そっと礎に手を合わせ
耳をすませると
礎が嘆き悲しんだ
海の向こうで、今何が起きているの？
なぜ子供達が逃げまどっているの？
みんな忘れてしまったの？
戦争の悲惨と残酷さを
私達の嘆き、怒り、苦しみを

戦争という最もおろかな出来事を
この世界から無くせないの？

ゆっくり目を閉じ
そっと礎に手を合わせ
耳をすませると
礎が語った
この摩文仁に国を越えて
私達は手を取り合って
しっかり立っている
この沖縄で失った私達の命を
無駄にしないで
この青い空と海を守って欲しい
この摩文仁から世界へ届けて欲しい
平和の尊さを

We love peace

2006年　中学校最優秀作品
沖縄県那覇市沖縄尚学高等学校・附属中学校

　中学から詩という表現で私なりに平和について考えてきました。その原点は戦争でたった一人生き残った祖母です。小さい頃から毎年、平和の礎へ手を引かれて行きました。いつも、笑顔の祖母が大粒の涙を流し礎の家族をさすりながら、震える声で語る後ろ姿を見て成長しました。戦争で亡くなった家族へ想いを馳せる祖母の姿にみんな涙を流します。

　何度も訪れている礎でいつしか、遠い外国の方の礎が気になりだしました。母と一緒に、ゆっくりと礎をまわり、ほこりを掃ったり、見慣れない文字の名前をさすったりしました。家族に会うことなく、お母さんに会うことなく、こんなにも多くの尊い命が……礎は、戦争を知らない私たちに平和の大切さを呼び掛けているようでした。

　平和について考え続けてきた詩が4年連続最優秀賞を受賞できたことも、小さい頃から手を引き礎を訪れ、平和の尊さを私に伝えてきた祖母のおかげと感謝しています。

刻まれた名前

中学校・2年　　又吉　まこと

屏風のように続く黒い礎の間を
尋ね歩く車イスの女性
口の中で何かをつぶやきながら
一つ一つ確かめるように屏風を見つめる
風が渡る
屏風の通路を吹き抜け
風が
車イスの女性に呼びかける
やがて
一つの礎の前で　車イスが止まった

「あった　これだよ」
たくさんの　たくさんの刻名の中の
たった一つにたどり着く
優しい手が　刻まれた名前をなでる
何度も　何度も
「やっとで来れたさあ　今まで来れなくてごめんねえ」
なでられるたびに
語りかけられるたびに
名前は生気を取り戻す

緑深い山原の曾祖母の家
仏壇の上に飾られた古い写真
軍服に身を包んだその人が　名前の主
戦争の火の粉が乱れ舞い

静かな山原の里をおびやかした
明日にも敵が上陸とか
様々な噂が飛び交う
家族のために
家族を守るために
曾祖父は軍服に身を包んだのだ
奥さんと別れ
幼い子どもを残して
砲弾の中　飛びこんだのだ
どんな気持ちだったのだろう
曾祖父に父が重なり
私は胸が痛む

曾祖母の家　仏壇の上に飾られた古い写真
丸眼鏡のヒゲを生やした人が　名前の主

どんな人だったのだろう
怖い人だったのかな
優しい人かな
どんな声で
どんな歩き方をしたのだろう
もし生きていたら
長生きをして
緑深い山原の静かな家で
曾祖母と二人　仲良く暮らしたことだろう

わたしも曾祖母にならって
そっと刻まれた名前をなぞってみた
一文字　一文字　書くように
指先から温もりが伝わる
会ったこともないその人が

とても親しい人に思える
「大きいおじいちゃん　こんにちは
命がけで家族を守ってくれて　ありがとう
貴方が守りたかった奥さんや子どもたちは
皆 元気ですよ」
写真の中の曾祖父が
ニコッと笑ってくれたような気がした
そして　今
わたしは　曾祖父と命のバトンによって
つながっていることを実感する

刻まれた名前の前で一心に祈る
曾祖母の横顔に
安堵の色が広がる
「やっとで来れたさぁ」

あれから六十余年の長い歳月が流れた
その間の色々なことを
語って聞かせているのだろう

風が吹き渡る
眺めると
屏風のように続く黒い礎
その一つ一つに　ビッシリと刻まれた名前
名前の主たちは　確かに生きていたのだ
曾祖父と同じように
静まりかえった礎の前で
吹き渡る風の声に　耳を傾ける
「よく来てくれたね
わたし達は生きたかった
守りたい愛があった

つなぎたかった希望
それを貴方に託します」

屏風のように続く平和の礎
過去から未来へと
ビッシリと刻まれた名前の一つに
わたしもなろう
希望を託された者として
平和を守る者として

２００９年　中学校最優秀作品
沖縄県浦添市立仲西中学校

礎を訪ねたときの曾祖母の写真を見てこの詩を書きました。
曾祖母は、私の詩をとても喜んでくれて、宝物だと言ってくれました。とってもうれしく思いました。

現在は普天間基地のことがとても心配です。へのこのおじいちゃんやおばあちゃんたちもからだに気をつけて頑張ってもらいたいです。

礎と祖母と私

高等学校・2年　　仲地　愛

どこまでも続く青い空
サンサンと輝く太陽
小高い緑の山に揺れる
月桃の白い花
心地よい風が頬をなでる
いつもと変わらぬ風景が
車の窓から流れる
今年もやって来た
平和の礎へ

礎の前に立つ祖母
汗と涙が入り混じる
しわだらけのその手が
礎に刻まれた家族をなでる
「今年も会いに来たよ
　寂しくなかったかい」
花を手向けるその声と
丸くなったその背中が震えた
私は戦争をしらない
でも　祖母の悲しみが
私の心におしよせてくる

礎の前で祖母は語る
十七歳で
家族を全てなくし

嘆き悲しんだあの日の事を
青い空からは真っ赤に燃える鉄の雨
青い海は黒い船に埋め尽くされ
容赦なく火を噴き砲弾の嵐が起きた
緑の大地も赤瓦の家も焼き尽くし
逃げまどう親子も焼き尽くした

戦争さえなかったら
家族とたくさん笑いあえただろうに
戦争さえなかったら
友と語りあえただろうに
戦争さえなかったら
たくさん学びあえただろうに
戦争さえなかったら
もっと十七歳を

楽しく生きていただろうに
私は戦争をしらない
でも祖母の怒りが
私の心とひとつになる

十七歳になった私の手を握り
祖母は語る
今こうして生きているのも
今こうして礎の前に立てるのも
平和であるからなんだと
何気ないことが
当たり前に出来ることが
平和ということなんだと
世界を見てごらん
戦争で親を亡くし

兄弟を亡くし
友を亡くし
嘆き悲しんでいる
戦争で傷つき苦しんでいる
戦争は命を奪い
心を奪い　幸せをも奪う
戦争ほど愚かなことはない
だからこそ
次なる未来へ
平和の尊さを訴えてほしい
私は戦争をしらない
でも　祖母の思いが
私の心をゆり動かす

礎の前で祖母に誓った

あなたの悲しみを忘れません
あなたの思いを語り継ぎます
戦争の愚かさを
戦争で失うものの大きさ
命の尊さ
生きることのすばらしさ
平和であることの喜びを
世界中に唱えます
海を越え　国を超え
世界中の人々が
手と手を取りあい
平和で笑顔満ちあふれるその日まで

礎と祖母と私
この小さな島で

今日も祈ります
世界平和を
Today, I hope the peace of all over the world.

２００８年　高等学校最優秀作品
沖縄県沖縄市県立球陽高等学校

孫の成長を喜び、体育祭や文化祭で顔をほころばせ身を乗り出して応援する祖母。そんな祖母に、小さい頃から、手を引かれ毎年訪れる平和の礎。あまり戦争のことを語らない祖母が、十七歳になった私に話してくれた。この戦争で家族を失い、たった一人生き残った祖母の十七歳。ポツン、ポツンと語るその怒りや悲しみ。あまりにも違いすぎる私と祖母の十七歳。あたりまえのように学校へ行き、親に甘え、時には反抗し両親を困らせたり……

祖母が生き抜いて、今の私の命がある。あたりまえのことと思っていたが、奇跡かもしれない……

祖母の想いをしっかり受け止めたい気持ちをこの詩に綴りました。

小さな島から世界へ

高等学校・3年　仲地　愛

照りつける太陽
頬を流れる汗
道なき道を進む
生い茂る雑草と月桃の花
その奥には暗いガマ
足が震え立ちすくみ
胸の鼓動が激しく打つ
身動き出来ない私に
ガマの奥から問いかける
この小さな島は

平和でしょうか……

私はそれに答えることが出来なかった

真っ直ぐな瞳が呼びかける
壁面に掛けられた犠牲者の遺影
その一人ひとりと見つめ合う
私と同じ歳
セーラー服の少女
真っ直ぐ見つめるその目が
私の心に問いかける
この小さな島は
平和でしょうか……

私はそれに答えることが出来なかった

少女は語る
もっともっと生きたかった
友と夢を語り合いたかった
夢に向かって学びあいたかった
その夢も戦争の足音とともに消えた
傷ついた兵士を救うため
何の疑念も抱かず戦場に向かった
砲弾が飛び交う戦場で
次々に友の命が消えた
私達は知っている
戦争の恐ろしさと愚かさを
私達の命を無駄にしないで
平和であることの大切さを考えて
今の見かけの平和に気付いてと

この小さな島に
振り落とされた鉄の雨
六十年余たった今も
土の奥深く潜む鉄の塊
数知れない不発弾
穏やかな穏やかなある日
鉄の塊はついに火を噴いた
この小さな島が
地響きをたてて揺れた
六十年余前の悲劇を思い出してと
この島が焼き尽くされた日を
忘れないでと
小さな島からのメッセージ

小さな島の人たちの心が揺れた
そして誰もが再び語りはじめた
六十年余前の真実を
忘れてはいけない真実を
孫の手を握り語った
炎があの青い空を真っ赤に染め
逃げまどう親子に
襲いかかった炎と砲弾の雨
緑の大地が焼き尽くされたことを
尊い命が焼き尽くされたことを
この小さな島が焼き尽くされたことを

六月二十三日
祖母の手を引き
平和の礎へ

しわだらけの祖母の手と私の手が
礎に刻まれた家族と重なる
汗と涙　震える肩
祖母からのメッセージを
礎からのメッセージを
私はしっかり受け止める
戦争の愚かさと平和の尊さを
小さな島からのメッセージを
私はしっかり受け止める

真実から目を背けない
海の向こうでは
争いで飢えに苦しむ人々がいることを
争いで銃を持たなければならない
子供達がいることを

今もなお繰り返される
戦争という最も愚かなことから
目を背けない
私はしっかり考える
戦争の愚かさと平和の尊さを
この小さな島からのメッセージを
私はしっかり考える

果てしなく続く青い空
風に揺れる月桃の白い花
よせては返す白い波
頬をなでる優しい潮風
平和の祈りにつつまれる島
白い波と潮風に乗せて
世界へ届けたい

小さな島の思いを

I want to send the message to the world,
the message from this small island.

２００９年　高等学校最優秀作品
沖縄県沖縄市県立球陽高等学校

道路工事作業中の男性が、不発弾の爆発事故に巻き込まれたニュースが新聞やテレビで報道された。私は、テレビの前にくぎ付けになり唖然とした。

改めて、六十年余たった現在でも、この小さな島沖縄は、あの戦争のつめ痕に脅かされ続けていることを実感した。そして、自分にできることは何かと考えた。

戦争中、多くの人びとが怯え息をひそめて避難したガマへ足を運んだ。そして、ひめゆりの少女の遺影を見つめ、語り部の方の話を聴いた。胸に迫ってくるものを感じた。同じ年頃の自分と重ねると、あまりにも悲しすぎると思った。生きていたら……やりたいことが山ほどあったろうに……

遺影の凛とした眼差しは、「しっかり生きてね」「平和とは何か考え続けてね」と私に語りかけてくるようであった。

私は、これからも、この小さな島で平和とはなにかを考え、世界へ発信し続けなければという想いがさらにこみあげてきた。

変えてゆく

高等学校・3年　名嘉　司央里

今日もまたはじまる
いつもの日常
当たり前に食事をして
当たり前に好きなことを学んで
当たり前に安心して眠りにつく
そんな普通の一日

今日もまたはじまる
いつもの日常
当たり前に基地があって

当たり前にヘリが飛んでいて
当たり前に爆弾実験が行われている
そんな普通の一日

一見「平和」に思えるこの小さな島
そこにいつの間にか当たり前ではない
当たり前であってはならないものが
入り込んでしまっていた

普通なら受け入れられない現実を
当たり前に受け入れてしまっていた

これで本当にいいのだろうか

平凡な幸せを感じながら

ただただ「平和」を望む今
簡単にこの違和感を
無視していいのだろうか

黒いたくさんの礎
刻まれるたくさんの名前
そこで思い知る
戦争が残した傷跡の大きさ深さ
何も幸せなど生まれなかった
何も手に入れたものなど無かった
すべて失ったものばかりだった

忘れてはならない
この島であった悲しい記憶
目を背けてはならない

悲しい負の遺産
それを負から正に変えてゆく
それがこの遺産を背負い生きてゆく
私達にできること

変えてゆくのは難しい
しかし一人一人が心から
負である「戦争」を忌み嫌い
正である「平和」を深く愛する
そんな世界になれば
きっと正の連鎖がはじまるはずだ

六月二十三日　慰霊の日
あの黒いたくさんの礎には
たくさんの人々が訪れる

そして　その一つ一つの名前に触れ
涙を浮かべながら語りかける

「今年も会いに来たよ」と
手を合わせ目を瞑り祈りを捧げる
その訪れた人々に
「平和」を願わないものはいない

「一度あった事は二度ある」
そんな言葉を聞いたことがある

しかし　こんな悲惨な出来事は
もう繰り返してはならない
だから……
「一度あったことは二度とない」に

変えてゆこう　平和で塗りつぶしていこう

その想いはきっと届いているはずだから

2010年　高等学校最優秀作品
沖縄県宜野湾市県立普天間高等学校

この作品は、現代を生きる私が「今を生きる人」と「戦没者の方々」の二方面に向けて書いた詩です。

普通の一日を毎日のように過ごす中で、いつの間にか簡単に無視してはならないものの存在が生活の一部となってしまっていることに気づき違和感を覚え、「このままでいいのだろうか」「ほんとうに今、完全に平和だと言えるのか」そう思ったことをきっかけに思いを綴りました。

書いた当初、まさかこのような形でこの詩がたくさんの人に届けられることになるとは思ってもみなかったので、正直とても驚いています。

この詩「変えてゆく」を読んだ人に「平和って何だろう」と改めて考える機会を与えられるとうれしいです。

最後に、私は戦争で手に入れるものは何もないと考えています。だからこそ、違和感に気づいた今、真の平和を求めて、今の現状を変えていきたい。そう切実に思っています。

平和の意義

心のたんぽぽ

小学校・5年　　宮城　夏喜

心のたんぽぽ
いりませんか
いっぱいのやさしさで
出来ています。

お国に一つ持ってれば
わた毛になって
とんでって
みんなの心でめを出します。

心のたんぽぽ
いりませんか
よごれた心
洗います。

きっとあらそいなくせます。

1999年　小学校最優秀作品
沖縄県大宜味村立塩屋小学校

小さいころからタンポポが大好きでした。地面にしっかりと根を張り、可憐な花を咲かせた後は、出来るだけ遠くまで種を飛ばすために、ひょろりと茎をのばし風に揺られている……。
小5の時の作品ですが、簡潔に、飾らない言葉で、リズム感よく作られているのが、多くの人の心に残るのだと思います。
慰霊の日は、わたしの誕生日です。摩文仁でこの詩を朗読した11歳の誕生日は、特に心に残る強烈なイメージとして焼きついています。

せんそうのばかやろう

小学校・1年　あらかき　しんたろう

ぼくは　まだ六さい
せんそうなんかきらいだ
だっていっぱいの
にんげんがしんでしまう
おうちもやけてしまう
どうぶつやこんちゅうだって
しんでしまう
かぞくやともだち
ぼくもしんでしまうかもしれない

ぼくがおとなになったとき
せんそうがはじまって
ばくだんをおとしてこいと
めいれいされたらどうしよう
ぼくだったら
はながいっぱいさくはなばくだん
みんながなかよしになるなかよしばくだん
そんなばくだんをおとすよ

いまぼくはわらっている
おとなになってもわらっていたい
おうちでこねこがうまれたよ
がっこうでひよこがうまれたよ
せんそうでこねこや

ひよこがしんだらかわいそう
せんそうなんかいやだ
せんそうなんかだいきらいだ
せんそうのばかやろう

2001年　小学校最優秀作品
沖縄県平良市立東小学校

「せんそうのばかやろう」を書いたのは、小学一年生のころで、もう今は高校一年生だけど、「平和が一番」という気持ちは変わってないです。世界中が平和になってほしいですね。

川の水よ　太陽よ

小学校・5年　　知花　かおり

「わあ、冷たくて、気持ちいい」
がまの中を流れる水
この冷たさは　いつからだろう
何年も前から
わたしたちを　いやしてくれた
戦いの間も
同じように流れていたのか
きっと
この冷たい水音を　だれも聞かなかった
だれも川の水のかがやきに気づかなかった

川の水だって聞きたくなかった
いつも見守っていた人間の
ばくげきで流れる血の音なんて
鉄ぽうでうたれて苦しむ声なんて
でも　川の水は聞いてきた

「わあ、まぶしくて、あたたかい」
がまから出てながめた夏の太陽
このまぶしさは　いつからだろう
何年も前から
わたしたちを　てらしてくれた
戦争の間も
同じようにかがやいていたのか
きっと
太陽なんて　だれも見なかった

だれもこのまぶしさに気づかなかった
太陽だって見たくなかった
いつも見守っていた人間が
おたがいを殺し合うところなんて
弱い者をいためつけるところなんて
でも太陽は見て来た

川の水よ
今　争いに苦しんでいる所に流れ
冷たい水をのませてほしい
元気のない子に
ミルクがなくて泣いてる子に
平和をのぞんでいる人達に
太陽よ
今、戦争をしている所にのぼり

まぶしく照らしてあげてほしい
親をなくした子を
ケガをしている子を
戦争から立ちなおろうとしてる人達を
川の水よ
太陽よ
世界中の人に
約束させてほしい
もう　戦争はしないと
もう　人を殺さないと
未来に平和を　作ること

２００３年　小学校最優秀作品
沖縄県読谷村立読谷小学校

作品を書いた当時と変わらぬ思いで、これからも平和を願っていきたいと思います。

平和な今

小学校・6年　　上原　凜

ぼくは戦争を知らない
戦争は人の命をうばい
すべてのものをうばうという
そんな戦争が今でもどこかで続いている
どうして？

ぼくは戦争を知らない
戦争は家庭をバラバラにし
人の心をメチャクチャにするという
そんなバカな事がいつまでもやめられない

どうして？
ぼくは戦争を知らない
美しい山や自然が戦争でこわされ
明るくおだやかな生活が
戦争でなくなっていくという
そんな悲しいことが　ずっと　終わらない
どうして？

ぼくは戦争はいやだ
友達といっしょに笑い
家族と共に食事をする
そんなふつうなことが
いつまでも続いてほしい

ぼくは戦争はいやだ
げっとうの花がさき
青い海で元気に泳ぐ
そんなことが
ずっと続いてほしい

ぼくは戦争はいやだ
学校で授業を受け
たん生日をみんなで祝う
そんなあたりまえのことが
なくなってほしくない

今ぼくにできること
仲間を大切に思うこと
仲間と協力し合うこと

そして
いやだと思うことは
はっきりNOといえること

今ぼくにできること
戦争がいやだといえること
戦争のこわさを伝えていくこと
そして
みんなで平和を願うこと

ぼくは戦争を知らない
でも　ぼくは戦争はいやだ
今ぼくにできること
毎日を大切に生きること
人の痛みを感じること

平和な今に感謝すること

２００５年　小学校最優秀作品
沖縄県与那原町立与那原東小学校

詩の発表から5年経った今でも県内の小中学校で朗読されたり、平和のセレモニーなどで掲載されたりとびっくりしています。長く引き継がれていくとうれしいです。

永遠に

中学校・3年　　久貝　菜奈

人間は、えらくなんかない。
だから、意味のない戦いをしてしまう。
人間は、強くなんかない。
だから、すぐに武器をもってしまう。
人間の殺し合いのせいで
地球上の多くのものが、
傷つき痛めつけられてしまう。
風に揺れるさとうきびも
木陰を作ってくれるがじゅまるの木も
青い海で泳ぎまわる熱帯魚も

庭でじゃれあう犬達も
みんな、みんな
失われてしまうんだよ。
本当にえらいんなら
平和を大事にして
目先の利益だけに心をうばわれないで
本当に強いんなら
思いやりを忘れないで
弱いものの痛みに気づいてほしい。
憎しみだけじゃ悲しすぎる
苦しみだけじゃ耐えられない
みんなの笑顔をずっと見ていたいから
揺れるさとうきびをずっと見ていたいから
だから、守っていこうこの世界を。
きれいな海が、

再び死者で埋まることのないように。
人間は、えらくなんかないから……
決して
強くなんかないから……
一人一人の手で
平和を永遠に、守り続けようよ。

1992年　中学校最優秀作品
沖縄県宮古島市立平良中学校

私は今三人の男の子の母です。

戦闘機を見て二歳の次男がいいました。「ママかっこいいね」それを聞いていた五歳の長男がいいました。「あれは怖い飛行機なんだよ」0歳の三男が騒音に空を見上げます。どうかどうか平和な世の中であってほしい！　心から強く願います。子どもたちの泳ぐ海が永遠に美しいままであるように。見上げる青い空に怖い飛行機が行き来することのないように。平和の中でこの子たちの笑顔が永遠に守られますように……。

祈り

高等学校・3年　　川満　町華

暑い夏の日
けだるい街に正午のサイレンが鳴り響く
その神聖な響きの中で
わたしは静かに目を閉じた
そして　ふと
今ここに　生きているということを実感する

生命の歌は大気に溶けて
そこにある悲しみや喜び、願いを奏でる
大地を駆けてゆく夏の風の音

さとうきびのささやく声
渚にうち寄せる波の音
白い月桃の花のかすかなため息
それらは　魂たちの哀歌だろうか
その歌は　サイレンの向こうから
途切れることなくこちらへ届く
わたしはじっと耳を傾け　そして祈る

ここには
穏やかな時間が流れている
温かく包んでくれる家族や
共に励まし合える友達がいる
笑って話せる明日がある
これを「平和」と呼ぶのだろうか?
平凡な毎日は　ただそれだけで愛しい

突然　わたしは
自分自身の中の生命の息づかいを感じた
身体中を脈々と流れる生命の証
静かに燃えあがる炎のあたたかさと
力強く確かな鼓動が心地よい
ＤＮＡに刻みこまれた記憶をたどることは
過去の過ちや苦しみを顧みることだ
すべての生命は連鎖していて
それが途切れることは決してない
無限に続く生命の歴史の先端にわたしはいる

戦後五十余年たった今もなお
魂たちのため息が止むことはない
もっと生きたかった　生きたかった

一つの生命には無限の可能性がある
だからこそ
誰でも未来を導く一筋の光になりうる
誰もが平和の使者になりうる
そして今　かつて人々が憎しみ合い、争い
殺し合ったこの地から
平和へのメッセージが放たれようとしている
——どうかこの声が　全世界をかけめぐり
　人々の心にまっすぐ届きますように——

目を開けると
いつの間にかサイレンの音が止んでいた
雲一つない空を見上げて
「平和」という言葉を何度も反芻してみる
——六月二十三日

今　ここに
生きているということを強く実感する

2000年　高等学校最優秀作品
沖縄県宮古島市県立宮古高等学校

2000年は、私にとって特別な年であった。慰霊の日の全戦没者追悼式での詩の朗読をはじめ、サミットでの米大統領への歓迎メッセージという思いがけないチャンスも巡ってきた。その機会を通して、見ず知らずの方から励ましのことばを多数いただいたのだが、その数々の便りから、他人の「想い」の深さ、重さ、温かさを知った。

あれから10年。基地問題が取り沙汰されているが、沖縄の立場はより苦しいものに追い込まれようとしている。周囲からは、痛みに慣れ、諦めにも似た声が聞こえてもくる。だが、決して目を背けてはならない。特に子どもたちには、その目で現実を見、消え去ろうとしている声に耳を傾け、その肌で感じ、求めてほしいと願う。沖縄に「輝かしい未来」が訪れるまで「平和」への渇望を持ちつづけたい。

未来に向かって

高等学校・3年　　名護　愛

1945年8月15日
終戦の日
戦争という名の
悲劇から
57年経った
今日も
平和に向かって
時を刻む音がする
しかし
まだ

「戦争」は
終わっていないのかもしれない

1972年5月15日
沖縄本土復帰の日
その日を前に
先生が
「平和」について
熱く語る
私は
「平和」について
真剣に考える
見たことのない戦争を
想像してみる
すると

真っ青に晴れた
雲一つない空に
米軍機の爆音が
響きわたる
先生の声は
爆音に消され
生徒の目は
音を睨む
戦争はまだ
「音」として
残っていた

米軍基地の前を
家路に向かう
フェンスを背に

暑い日差しを浴びながら
輝く笑顔で
子ども達が遊ぶ
フェンスの向こう側には
武装した軍人が
立っている
日差しに照らされ
汗だくの顔で
立っている
腕に持っている
銃は
誰に向けるのか
私の目は
銃を睨む
戦争はまだ

「武器」として
残っていた

五月晴れの午さがり
家族連れの人々
恋人同士
友達同士
人・人・人の
あふれる中で
「めぐまれない人へ」の
キャッチフレーズと共に
笑うことを忘れて
未来に怯えている少女の瞳が
私を見つめる
私の目は

過去を睨む
戦争はまだ
「傷跡」として
残っていた

6月23日
慰霊の日
祖父と祖母
そして私
正午をつげる鐘
摩文仁に向かって
合掌する
ふしくれた手
しわが刻まれた
その頬に

涙が
こぼれ落ちる
その年老いた目が
見つめる先には
何があるのか
私も
見つめてみた
戦争はまだ
「悲鳴」として
残っていた

「爆音」が消え
「武器」は葬られ
「傷跡」は癒やされ
「悲鳴」は静寂と化す

その時
戦争という名の悲劇は
幕を閉じる

地球に生きる
人間
動物
自然が
互いの立場を
理解し
協調し合った
その瞬間
「平和」は
きっと生まれる

私は空を仰いだ
私は大きく息を吸った
私は遥か彼方を見つめた
私の未来を想像した

乾いた大地に
恵みの雨が降る
雨は上がり
空には
一筋の虹が見える
風が
大地をそっとなでる
その風は
エイサーの音色とともに
人々の心を癒し

広い海へ
広い世界へと
吹きわたり
平和の意義を
響かせてゆく

2002年　高等学校最優秀作品
沖縄県うるま市県立具志川高等学校

この詩を書きあげた当時は、ニューヨークの9・11テロ事件の後だったため、沖縄の米軍基地の警備は厳重でした。でも米軍人の持っている銃口は私たち、沖縄の人へ向かっていた。その違和感からこの詩は生まれました。ただ純粋に、平和のこと、未来のこと、大切な人たちのことを考えて書きあげました。

現在、あれから8年という月日が流れ、当時17歳だった私も25歳になりました。以前よりも世界の状況や日本のおかれている立場を少しは理解しているつもりです。しかし、それでも平和に対する気持ちは、この詩を書きあげた当時の純粋の気持ちのまま変わらず、おとなになった今、未来ある子どもたちの笑顔のために、平和に向かって何が大切なのか考えていかなければいけないと思っています。

命のちゅら海

高等学校・3年　平良　真子

ある日
入道雲が陽射《ひざ》しを隠した午後
私の耳に飛び込んできた音
「過去」という白黒《ものくろ》の中で
必死に戦地から逃げる人々の悲鳴

ある日
雨が突然降り出した午後
私の目に飛び込んできたもの
線香の匂いがたちこめる仏壇に

あざやかな黄色を残す花

ある日
強風が髪を強くひっぱる午後
私の手に飛び込んできたもの
冷たく硬い礎《いしじ》に切り刻まれた
私と同じ歳のある一人の少女の名前

ある日
雲がようやくティダから過ぎ去った午後
かつてたくさんの犠牲で
血が塗り込められた
石ころ道の先の水平線

その時

私の中の
群青色《ぐんじょういろ》に輝く命のちゅら海を
ぎゅっと両手で強く抱きしめた

私たちの中の
命のちゅら海
そこには
宝石にはない大きな輝きがあり
「可能性」が一つ一つの海に無限に広がる
なによりも
一つ一つの命の動きを
一つ一つの命の気持ちを
大きな腕で強く受け止めている
そこには
希望や愛が絶えず生まれ

星に流動し　奥の奥まで満ちたりている
母のぬくもりのような波に優しく抱かれ
天上に輝くティダは
光のやわらかなシーツをかけてくれる
瞳に映し出される空の青に
かげり一つも見えない
さざなみは愛のしらべ
たえなる歌声が心を平安へと導いてくれる

ある日
薄暗い夕日が沈みかける午後
私の心を悲しくさせたもの
疑いや利益を戦争に結びつかせる人々

ある日

東の星に光が宿りつつある時
私を暗い淵に突き落としたこと
私の国が戦争の支持国であること

ある日
月がそろそろほの暗い色つきをみせた午後
私の目から涙をひとしずく落とさせた映像
ウチナンチュの同胞が
ベッドに横たわる自分の傷ついた子供を
抱いて
泣きながら
私や
みんなを
じっと
何かを言いたげに

瞳に闇を浮かばせ
こっちを見つめている
その瞳に私たちがはっきりと映った
「助けて！」
「私の子供が死にそうなのです！」
「どうしたらいいのですか！」
「……なぜ戦争が起こったのですか？」
数々の
答えられない瞳に

私たちは見つめられているのだ
たくさんの血と涙と悲鳴　ミサイルが
このテレビにはあふれていて
私たちの海をゆらめかせている

ふと聞こえる方向に目を運ぶ
「平和はいつ訪れるのだろう?」
その問いを否定するかのように
目に映し出される
黒い三つの飛行機
耳に響く重圧な音

血止めしても治らぬ深い傷
この地と空とそして海に広がる
あの鉄が嵐を呼び

血の道を造ったのだ

「いつ平和になるのだろう?」
なんて言いたくない
「今　平和をつくろう!」
その光があれば
どんな道だって
君の手や君の仲間の手にも
群青色《ぐんじょういろ》のちゅら海を
あの瞳に広がらせる事ができる

やがて
朝日が静かに光を集め昇るとき
沖縄の海から世界へと
祈りをこめて

私は「平和」をつむぐ

2003年　高等学校最優秀作品
沖縄県那覇市県立首里東高等学校

「平和のつくられ方」

私の命、ひとつじゃなくて、百円で買えたの、
一つのまんじゅうを、あなたといっしょに分け合った
私は左手、あなたは右手の方
「交換しよう、餡と白身、どちらも僕の方が多いから。」
どうでもいいわ
あなたといっしょに、同じまんじゅうを食べたいの
それが、わたしにとって大事なことで
それが、わたしにとっての「平和」なの

この詩は、わたしの現在の「平和」の考え方です。わたしにとっての「平和」とは、共有することです。高慢な「してやった」という、犠牲心を持つことではありません。きれいごと、といえば、それもまた正解です。これが、当たり前じゃない世界がわたしの周囲にも、うんざりするほど沢山あります。でも、きれいごと、というのも、一種の甘えなのだと考えています。わたしたちは、平和に対して、争いと同じように、小さなことでさえ、厳しく、しつこくなるべきです。

戦争をしないと決めたこの国で

高等学校・3年　金城　実倫

六月二十三日
沖縄
梅雨明けの暑い夏の日
強い太陽の日差し
やむことのない島風
どこまでも広がる碧い空と海
それら全てが
この島々に調和し
いつも変わらぬまま
生きている

いつもより静かなこの日
蝉の鳴き声だけが
聞こえていた
正午
島の人々は
摩文仁に向かって
静かに目を閉じた
ある者は未来を夢見て
ある者は過去を見つめて
そして涙を堪えて
目を閉じた

五十九年前
第二次大戦末期
沖縄

太陽の日差しは
黒く淀んで
島風は
爆風へと変わっていった
碧い空と海には
多種多様の鉄の玉が飛び交い
赤褐色に染まっていった
人々は逃げた
二人で逃げかくれた
一緒に守り合った
でも
撃たれた
苦しみながら死んでいった
泣きたかった
でも

泣けなかった
叫びたかった
それでも
叫べなかった
恨んだ
憎んだ
そして
悲しんだ
切なかった
死にたくなった
持ってる手榴弾で
死にたくなった
でも
怖くて死ねなかった
怖くて死ねなかった

だから生きた
生き抜いた
でも
見るもの全ては
地獄だった
つらかった
兵隊が
同じ仲間に銃を向けている
子どもにも銃を向けている
その光景が
八十日間
毎日のように
毎秒のように
繰り広げられた

人間が人間でなくなる
そのものだった
涙を堪えたおばあ
記憶に残るあの悲劇
一分間
おばあの中で甦った
堪えた涙はたえきれず
こぼれ落ちた

目を開けた
摩文仁に向かって閉じてた目を開けた
今の沖縄を見た
家の庭先には
柵がある
どこまでも

どこまでも続く柵
強い太陽の日差しの下
子どもたちは柵の前で
楽しく遊んでいる
柵の向こうには
銃を持っている軍人が
汗を流しながら立っている
おばあは
その銃を睨んだ
そして
空には容赦なく
米軍機が飛び交い
爆音が
子どもたちの笑う声を
かき消していく

おばあは
また涙をこぼした
忘れたくても
忘れられないあの悲劇
でも
忘れてはならないあの日々を
おばあは
そっと孫たちに
「戦争」の悲惨さ
おろかさを
そして
「命」の尊さを
教えた
あの日々を
二度と

二度と繰り返さないために……

今
また世界のどこかで
「戦争」が起きている
人は何を求め
何を奪うために
「戦争」をするのか
残酷と悲劇の産物である
「戦争」
おばあたちが教えてくれた
あの「戦争」
私たちはどうすればいいのか
どうしようもないのか
どうすることもできないのか

いや
そうではない
そうではないはずだ
私たちは
生きている
私たちは
生きているのだから
考えることができるのではないか
話し合うことができるではないか
だから
目を逸らさずに
見つめていこうではないか
今世界で何が起きているのかを！
「命」の尊さ
自然のすばらしさを！

そして
「平和」の真の意義を！
戦争をしないと決めたこの国で……

2004年　高等学校最優秀作品
沖縄県那覇市県立首里高等学校

当時この詩を書こうと思った経緯は、祖母が語った戦争中の話を初めて聞き、それまで無知であった自分に反省して、平和祈念資料館に行き、つぶさに沖縄戦を調査しました。特に住民の証言集（常設展示の）はリアルに読みとり、それを感じとってこの詩を書きました。

現在も、長崎や広島に出向いて、被爆者の方々と当時のようすを聞いたりしています。また、昨今話題となっている「基地問題」に関しても自分ながらに考えたり、県外の友人と意見をかわしたりしています。

若い瞳

高等学校・3年
池　彩夏

紺碧の大空に
照り付ける太陽の日差し
アカバナが揺れる坂道を
私は自転車でのぼっていく
額からふきだす汗を
グイっと袖でふきとって
ペットボトルに手を伸ばす
コポコポと音をたてて
喉を潤していく水に
米軍の戦闘機が映り

入道雲のかなたに消えてった
私はそれを横目で見ながら
ペダルに再び足をかけ
自転車をこぎだした

戦後六十一年
いまだに居据わる米軍基地は
私たちの生活になじんで
風景の一部となった
米軍の戦闘機は
耳をつんざく爆音を落とし
勝手気儘に飛びまわっている
いったいぜんたい
沖縄戦はどこに消えたのか
自転車のハンドルを握る手に

不思議と力が入る
本当に
本当に戦争は風化しているのか……
もし風化しているのなら
なぜ私はこんなにも
我武者羅に自転車をこぐのだろうか
ただ米軍の戦闘機を見ただけで……

強い逆風をうけながら坂道を下る
カーブを曲がるため
軽くブレーキをかけた
少しずつスピードが落ちていく
こんなふうに
時代の流れにも
ブレーキを使えたらいいのにと思う

もしかしたら
そのブレーキになれるのは
他ならぬ
私達のような若者なのかもしれない
私達が持っている瞳の光は
何よりも強く　真っ直ぐ
沖縄をみつめているのだから

2006年　高等学校最優秀作品
沖縄県立那覇商業高等学校

作品を制作するにあたり、沖縄戦を体験していない世代がどう反戦を訴えるのかと非常に苦心したのを覚えています。戦争は悲惨だと安易に受け入れるのではなく、戦争を知らない世代として米軍基地をとおし、沖縄戦にふれ、反戦につながる入口になれば幸いです。

「平和メッセージ」の詩の背景

太田　昭臣
（前琉球大学教授）

一　沖縄から発信することの意味

この詩集『写真の中の少年』は、沖縄の県民に読んでもらうために制作したものではありません。全国のみなさんに切に読んでいただくことを願って編集したものです。しかも、そのサブタイトルに「沖縄発　児童・生徒の平和メッセージ」とあるように、まさに沖縄を発信場所としていることからもおわかりいただけると思うのです。

ここに載せられた児童・生徒の詩は、１９９１年から２０１０年の20年間、沖縄県平和祈念資料館が主催し、平和に関する「図画」「作文」「詩」を募集するなか、最優秀に選ばれた小学、中学、高校生の「詩」で、作者の了解を得て載せるものです。

１９９０年ごろから戦争を知らない子どもたちの問題は、平和を考えるとき、危機的な状況にたちいたっているとも言われます。しかし、沖縄の子どもたちは、この詩集の詩からもわかるように、自己が体験したことのない沖縄戦について、とりわけ、曽祖父母、祖父母を思い、あるいは偲び「地獄絵図」のなかに、現実にそれが存在するかのように想像できる力を持ちあわせているのです。それはいったい何なのでしょうか。

二　なぜ沖縄の子は書けるのか

1　報道と平和教育

沖縄歴史教育研究会が沖縄の本土復帰後、5年に一回県内の高校全62校に協力を呼びかけ実施しているアンケートがあります。そのなかで「沖縄戦を学ぶことについて」「とても大切（58・6パーセント）」と「大切（33・7パーセント）」と答えた生徒は、合計して92・3パーセントに上りました。また「これまで受けた平和教育」は「とても有意義」「良かった」が計81パーセントで、調査開始から増え続け、今回が過去最高となりました。

その証拠に、今月行われた第34回の沖縄県の高校弁論大会で、その本選会に「平和問題」「基地問題」がテーマとして論じられたものが三分の一あったことにも歴然と表れています。

また、沖縄では、二つの地方新聞が発行されています。各島にもそれぞれの新聞が発行されていますが、県民は、そのいずれかを日々購読しています。本土発行の新聞は、ほとんどと言っていいほど読まれていません。それだけに、これらの地方紙は本土の新聞にまさるとも劣らないほど、記事の内容は充実しています。とりわけ、戦争にかかわる記事は、ほとんど毎日のように載せられています。その中には、戦争体験者の実際の話、まさに生きた実体験そのままが載せられています。

テレビでも「島は戦場だった」（琉球朝日放）に代表されるスポットの報道として、65年前の沖縄戦を日を追って夕方同時刻に「負の遺産」が毎日放映されているほどです。

2　不発弾問題

日々と言えば、沖縄戦が残した不発弾問題は、遺骨の問題とともにその終結は予想することができず、問題になっています。不発弾は年間６００件は超えており、平均するとその処理は毎日と言っていいほどです。

本土では、たとえば都内に不発弾が一発見つかっただけで大騒ぎです。その処理状況がテレビのニュースに流されますが、沖縄ではそれが毎日続いているのです。県民は「またか」と思いながら、半径３００メートルから５００メートルの住民は、避難して処理を待つありさまです。処理は原則として休日に行われますが、午前の半日が避難に使われてしまいます。すべての交通が遮断されてしまうのです。

昨年の１月、沖縄戦で米軍が日本軍の激しい抵抗にあった激戦地で、道路工事中のブルドーザーが不発弾に接触、爆発し、男性は重傷、付近の老人ホームの道路に面した窓ガラスとサッシなどは全部破壊され、大損害を被りました。

それ以来、糸満市に対し調査の要望や問い合わせが急増したのです。今年の7月以降をみても、この一か月間に41件。9割がこの地区からでした。

9月に入ってから、糸満市真栄里《まえざと》の農地1000平方メートルに2113発の米国製迫撃砲や小火器弾など未使用弾が発見されました。また、8月に返還された「キャンプ瑞慶覧《ずけらん》」のゴルフ場跡地から5600発もの不発弾が見つかったのです。返還前までアクセスしやすい基地内ゴルフ場としてプレーしていました。そこに大量の沖縄戦時代の不発弾が残っていたのです。返還前に日本側が危険物や土壌汚染の有無を確認する法制度が確立していなかったために生じたことでもあるのです。

いっぽう、浦添市では小学校敷地内の幼稚園建設予定地で、深さ3〜4メートルの地中から直径10センチ、長さ45センチの不発弾一発が発見されたのです。

また、那覇市では密集する住宅地に米国製の8インチ艦砲弾が見つかりましたが、腐食がはげしく現場で10月に爆破処理することになっています。半径300メートル1150世帯、2900人と事務所40か所が避難対象となっています。その場合、付近家屋に損傷が起こったらどうするか一つの課題になっています。

これらはすべて新聞で知ったのですが、たかが10日間に、いつ、どこで牙をむくかわからない不発弾が発見されているのですから恐るべきことです。この処理があと何10年かかるか予想もつかないのです。

こうして、足下に危険が潜む沖縄の現実を日々、新聞やテレビをとおして子どもたちは見せつけられているのです。

3　集会への若者の参加

またいっぽう、沖縄戦の教訓から過去15年間に、いくつかの大集会が開かれました。「教科書検定意見撤回を求める県民集会」は、県議会議長が大会実行委員長になるという全国では例のない大集会です。沖縄戦の「集団自決（強制集団死）」という日本軍の強制の記述が削除されたことで開かれたのです。11万6000人という大集会になりましたが、同日同時刻に離島である宮古島、石垣島でも集会を開くという、まさに県民一丸となった集会でもありました。

続く「普天間基地移設問題」の県外移設の集会も、県民総ぐるみの戦いとして浮上し、平和の危機を力強く訴える集会にもなりました。

それらの集会には、祖父母、父母はもちろん、児童・生徒もこぞって参加するという、沖縄特有の状況があります。その象徴が、壇上から朗読される、若者からの平和メッセージには、必ずと言ってよいほど、中学生、高校生が選ばれているのです。

4　おじい、おばあがいて今がある

もう一つ、考えさせられることとして、この詩集のテーマになっている根っこの部分として、「曽祖父母、祖父母」の問題があります。

27年間続いた異民族支配は、沖縄にさまざまな変容をもたらしたことは事実ですが、今でもその根底に地縁血縁による相互扶助体制を乗りきったというところまでは至っていません。精神風土の中に、それが未だに少なからず残っていることも事実です。

今日、高齢社会と言われる中で、沖縄は出生率一位となっていますが、それが有効にはたらいているさまをこの詩集は物語っているということです。それは、30余篇の詩の中でその半数近い詩が、曽祖父母、祖父母から聞いた話が土台になっているか、それらの人が深くかかわったことが詩の中から読みとれます。

戦争の実体験のない子どもたちにとって、戦争の事実、とりわけ戦争を体験した人が身近にいて、今日でも戦争体験を生々しく語る人が現存という現実が、本土とは異なる今日的遺産ではないかと考えられるのです。

「ねぇ聞かせて」（P51）という小学3年生・嘉納英佑君の詩は、ある日、おじいちゃんから「ねぇ」とせがんで沖縄戦の話を聞いたことがもとになっています。「かなしいけど、さびしいけど」とそんなこと「いえなかった」時代。「沖縄はまけない、日本はかつって信じていた」のは、日本の多くの人たちの信念でした。しかも、「たくさんの人が血を流し」ても「かなしみ」しか残らない。「62年たってもこの大きな心のきずは消えやしないよ」「だれもその大切な命をうばうことはできない」というそのことばの重さがのしかかってくる思いがします。

ここにももっとも身近な祖父の存在が重要な意味をもっています。英佑君にとって祖父はまさに「生きた教科書」と言っても過言ではありません。

戦時中、いま戦況がどう動いているのか、ほとんど知らされませんでした。本土でも、隣の町で何が起こっているのか、知るよしもありませんでした。情報が統制されていたからです。

１９４５年3月10日は東京の下町を中心とした大空襲で、一夜にして10万人余の死者が出たにもかかわらず１２０キロ離れた水戸では、何も知らずじまいでした。東京から母の姉の一族が、どこで手に入れたかわからないリヤカー一台で一家６人が突然歩いて舞い込んで来たことで、その被害の大きさを知らされたのです。

それから5か月たって、8月2日未明に、水戸空襲を経験したのです。15歳の時でした。160機のB29が1145トンの焼夷弾を市街中心部に投下、焼野原となり300人以上が亡くなりました。

その時、はじめて東京大空襲の恐ろしさを知らされたと言ってもいいのです。水戸市民は、その一度の空襲で敗戦を迎えたのです。

しかし、沖縄は異なっていました。本島中部の米軍上陸地から南は、「鉄の暴風」と言われるように、砲弾が暴風のように降り続く熾烈な戦争です。みわたす限り焼野原となり、戦況をまったく知らされないまま、とにかく安全なところ、安全なところとさまよい歩くのです。自分なりに安全の場所を探し求め、逃げ惑わざるを得なかったという体験は、恐怖と絶望そのものではなかったのかと思うのです。しかも、安全と思った場所が、数日して激戦の地になるとは想像だにできませんでした。いつまで続くのか、終末のない戦いだったのです。

戦慄を極める沖縄戦は本島最南端に達し、とりわけ米須《こめす》地区は死闘の場と化していきました。その部落は全戸数215戸。うち63戸が一家全滅となり、人口の55パーセント580人(人口1040人)が戦火にまきこまれ死んでいきました。

糸満から南下して摩文仁の丘までの数キロの沿線には、今でも空地が目立ちます。その中にうっそうと雑草の生い茂る土地を見ることができますが、これこそ沖縄戦で一家全滅した屋敷あとなのです。地域社会が現存するこの部落は、その空き屋敷あとに、近所でブロックで囲った小屋を作り、死者を祀る香炉をおき供養を今でもしているのです。

その姿を描いた詩が「唱えます　平和の尊さを」（Ｐ40）で高校1年生、仲地愛さんの作品です。

その原点になったのが中学3年生の時に書いた「礎は語る」（Ｐ121）という詩です。「平和の礎」との対話によって書かれたものですが、「その原点は戦争でたった一人生き残った祖母」（Ｐ126）にあると仲地さんは述べています。

刻名された「平和の礎」の名前をさすりながらふるえる小声で語るこの祖母の姿に感動し、その思いを綴った詩なのです。この「祖母が生きていたからこそ、今の私が生きている」思いは祖母の存在の偉大さを自らにいい聞かせているのです。

三　「平和の礎」の追加刻名の変更の意義

沖縄の人びとにとって「戦争はいつ始まって、いつ終わったか」とたずねられたとき、答えられる若者はほんとうに少なくなりました。全国的にも同じように言えるでしょう。「平和の風にのって」（Ｐ67）の作者、中学3年の金城恵里奈さんは、その日付について重要な記述をしています。
「幼い末娘だったおばあも／あの日から58年／忘れたい　忘れたい／でも忘れられない／昭和19年　10・10空襲／忘れたい　忘れたい／でも忘れられない／昭和20年　6月23日終戦」（P69）と記しています。この「忘れられない」ことの中に、わたしにとっても忘れることのできない貴重な経験があります。

金城さんの詩によると、沖縄戦は昭和19年10月10日に始まり昭和20年6月23日が終戦と書かれています。しかし、一般的には長い間3月26日の米軍の慶良間《けらま》諸島への上陸から9月7日の日本軍の降伏文書の調印の日と言われてきました。

ところで、わたしには、旧制中学時代の友人に加治という男がいます。年に一度、毎年4月に総会をかねた同窓会をやり続けています。1991年にわたしが沖縄に赴任したことは、みんなが知っています。そのこともあってか1997年に加治から一通の手紙がとどきました。そこには「平和の礎」の設立とともに、彼の兄（当時18歳）が沖縄戦で戦死したことが書かれてありました。

わたしはさっそく「平和の礎」にその名をさがしに出かけましたが、見つけることはできませんでした。そのむね返事をすると、今度は、便りとともにさまざまな記録とコピーが届きました。

そこでわかったことは、彼の兄は戦時中、潜水母艦「迅鯨《しゅんけい》」の乗組員でした。その艦は1922年建造と言いますから老朽艦でした。第一線から退いて瀬戸内海で練習艦として余生を送っていたところ、戦局の悪化にともない沖縄への輸送業務に引っ張り出されたというのです。1944年9月19日、沖縄に向け輸送任務につきましたが、敵潜水艦の雷撃により航行不能となり、沖縄本島の瀬底島へ曳航、避難して修理中に、10月10日米軍機の攻撃を受け沈没してしまうのです。

当時、瀬底国民学校の存学生であった島袋盛慎さん（前・琉球大学非常勤講師）がわたしに語ってくれたことを思い出しました。

「わたしは登校前の早暁、姉と芋掘りにいっていました。グラマン機は超低空飛行で瀬底湾に停泊中の潜水母艦『迅鯨』に魚雷攻撃を加え水柱を見せていました。炎上している迅鯨からは多くの死傷した水兵が島の東面の岩穴にいましたが、その現場はまったくの地獄絵図であったのです。」と。

その空襲は、本部村、瀬底島に限らず五波にわたる攻撃は、1400機におよび、南西諸島全域の飛行場、港湾施設に爆撃を加え、なかでも那覇は焼夷弾の猛火をあび、その大半を焼失、家屋1万1500戸が全焼したのです。死者600人、負傷者900人と言われています。

この結果、家屋を失った県民は県北部へと疎開が目立ちはじめ、その人たちによって、はじめて県北部の人たちは那覇の惨禍を知ったのです。この空襲で県外への疎開者が激増し、九州、台湾へと疎開していったのです。まさに沖縄戦は開始されたのでした。

「迅鯨」の乗組員は、400名中死傷者は200余名。そこで生き残った人たちによって書かれた記録は、その戦闘のようすを生々しく伝えるコピーでした。戦慄を感じ修羅場を見る思いで読み続けました。

そこでの生存者は、沖縄守備隊司令官大田実少将のもと、沖縄守備隊に編入要請があったのですが、「今一度、艦に乗艦をとの希望を横須賀鎮守府に強く要請」し、許可されて横須賀に帰隊したのです。もちろん、帰隊までの間、生存者は全員那覇航空隊に仮入隊となり、なかには沖縄守備隊の通信隊に仮編入され、小禄の海軍壕の無線室で支援の業に携わった人もいたと記録されています。もし、横須賀帰隊が許可されなかったら、この生存者たちは今ごろどうなっていたか想像するだけでも戦慄すら感ずる思いです。

1998年10月10日、沖縄を訪れた加治夫妻を車に乗せ本部《もとぶ》港にでかけました。まったくあてもなく、449線を下り、本部港に入っていきましたが、戦争の爪あとを感ずるものは一つもありません。残念に思い大橋を越えて瀬底島へ行き、島袋さんから聞いた話から想定できる海岸へやぶをわけ入って下ると、「東面の岩穴」がいくつかありました。「兄はうたれて、このあたりにたどりついたんだね」と加治はか弱い声で言ったのです。当時は瀬底大橋もなく、大海の孤島を偲ばせてくれました。

その翌日「平和の礎」をたずね、加治といっしょに刻名のないのを確かめ、10月12日に県庁の平和推進課を訪れました。対応してくれたのが主幹の比嘉鉦由さんと仲村さんでした。快く対応してくれた二人が言うのは「沖縄県外の場合、3月26日から9月7日の6か月弱を沖縄戦として各県に名簿の提出をしていただいた関係で、その規定を変えない限りできませんので、茨城県遺族会からの強い申請が必要です」と言うことだったのです。加治は「県の遺族会長も旧知の中であり、協力者をつのりながら、推めてみます」と答えて別れました。

しかし、これは単なる刻名されるかされないかの問題ではなく「沖縄戦とは何か」の基本的問題でもあるのです。

米国は、太平洋戦争の終末期に日本攻略を三段階にわけ、その第一段階として「アイスパーク作戦」を策定し沖縄を攻略、第二段階として「オリンピック作戦」（九州上陸）最後に関東平野に上陸する「コロネット作戦」（1946年6月3日ごろ）を想定していました。

この「アイスパーク作戦」の火蓋が切られたのが10月10日であったのです。沖縄戦の単なる勝利ではなく、占領後の沖縄を極東の最大の軍事基地にするという極東戦略の基本でもあったわけで、沖縄の27年にわたる異民族支配が続き、「祖国復帰」したにもかかわらず、その後38年、つまり65年の長きにわたってその支配状況がほとんど変わっていないのです。「10・10空襲」とは、そういう重要な意味をもっている日でもあるのです。

加治は、茨城にもどって遺族会を中心にさまざまな機関に積極的な働きかけを試みました。しかし、沖縄では当時「県政不況」という固有名詞が県内に流布し、「平和の礎」への追加刻名は予算編成の段階で見送られようとしていたのです。

「今年は追加刻名なし」「『平和の礎』県が方針転換　予算ゼロ」(99・6・3　沖縄タイムス)と新聞やテレビは、大々的に報道をしつづけました。いっぽう、市民団体や研究者たちは、声をそろえて申し入れ、慰霊の日を前に継続して行うことを決定したのです。

その間、刻名問題は年毎に全国的に拡大していき、2000年には、潜水母艦「迅鯨」の鎮魂碑が生き残りの有志と地元本部の人たちによって建立され、10月10日に盛大な除幕式を実施したのです。(00・10・11　沖縄タイムス)

そうした運動の高まりによって2003年に刻名対象枠を拡大し、沖縄戦開戦を1944年3月22日の第32軍の創設から、戦後1年までに広げ、区域も県内から「南西諸島周辺」に拡大することになったのです。

「最後もみとっていない。遺骨もない。せめて死んだ証しを」と願っての6年目に刻名がかなって「2003年追加刻名」としてやっと刻名されたのです。

「平和の礎」は、日本はもちろん、朝鮮や中国の人びと、米国兵を含めた、戦死した人びとの「礎」でもあるのです。

金城さんの詩は、そんな重い意味を背負った詩で、わたしに過去10数年の思いを思い出させてくれた詩でもあるのです。

四 「ガマ」のなかの戦争

沖縄戦を考えるとき、「ガマ」の話をぬきにしては考えることができません。沖縄はサンゴ礁（琉球石灰岩層）の島です。地下には何世紀にもわたって形成された鍾乳洞が無数にあります。それをガマと言っています。激戦地となった本島中南部は、とりわけ大小無数に鍾乳洞があります。そこに川が流れているものもあります。本土のように戦時中、庭先に防空壕を掘ったり、東京の八王子のように行政が地下壕を多様にはりめぐらし、それが最近、地盤沈下をきたし、家が傾斜する事件がおこっていますが、沖縄の場合、その必要はありません。戦時中そのガマが住民の避難先、防空壕にもなったのです。日本軍にとっても軍事要塞化するのに都合のよい陣地にもなったのです。

いっぽう、米軍は沖縄戦の前年、サイパン島やテニアン島の戦闘でガマによる戦闘をいたく経験させられていましたから、沖縄での戦いは予測ずみでもあったのです。そのための攻撃の武器を考察して持ち込んでの戦でもあったのです。ガマを占領すると、その上からドリルで穴をあけて攻撃するという「馬乗り攻撃」は、その時に使われた戦法でした。沖縄戦が３か月以上もかかったというのは、このガマがあったからと言うことができます。

いっぽうこのガマは、住民にとって不幸をもたらすものにもなったのです。南部に追いつめられた日本軍は、住民のガマを横取りして住民を追い出し、防衛のためと住民を見殺しにする現実を産んだことも、沖縄戦の悲劇を拡大したことにもつながるのです。

そのガマをテーマとして、ガマの中での水音、ガマから出たときの太陽の光をモチーフにそれを当時世界をさわがせていた「イラク戦争」に重ね、未来に平和を作ることを約束する悲痛な心の叫びを詩に表現した「川の水よ　太陽よ」（Ｐ165）は、小学5年の知花かおりさんの作品です。このガマは、地元読谷村に現存するシムクガマのことで、そこから1キロも離れていないチビチリガマとは対照的なガマとして、話題としても取り上げられている運命的なガマです。

チビチリガマは、本島に米軍がはじめて上陸した地点にあって、３日後に集団自決（強制集団死）が最初に起こったところです。84人が殺し合って死んでいきました。いっぽうシムクガマは巨大なガマで全長３キロもあり、そこに１０００人もの人たちが避難していましたが、そのなかにハワイ移民帰りの二人の男によって、英語で「中には民間人だけ、攻撃しないでほしい」と米軍に了解を求め、自決の準備をしていた人たちが、全員生還したのです。このシムクガマにかおりさんは初めて入りました。「テレビでは明るかったが何も見えずこわかった」（03・6・21　琉球新報）と言っています。この一度のガマの体験がこの詩を書かせたのです。実物、実態の衝撃の強さ、それをかおりさんは詩に表現したのです。

この詩は、「うたごえ運動」が誕生して56年、数えて第51回の「日本のうたごえ祭典」が、初めて海をわたって開催される年の最優秀の作品で、作曲家の岡田京子さんによって合唱曲として作曲されました。読谷小学校の児童たちによって読谷の文化センター鳳ホールで発表されました。

ちょうど、祭典が開催されることになった年に沖縄本島の米軍の上陸地点から、しかも悲劇をも生んだガマの問題を提起したことは、意義深いことだと思います。

五　語り継ぐことの大切さと新しい課題

この詩集『写真の中の少年』の詩は、そのすべてが平和をモチーフとして書かれています。その中でとりわけ読者に感動をもたらせてくれるのは、祖父母と呼ばれる「おじい」や「おばあ」の語りがもとになって作られた詩のように思うのです。しかし、そのおじいやおばあは、今、70歳をとうに過ぎています。しかも、その人たちが世の動きを微妙にとらえられるようになってきて、語りはじめる人が多くなってきたとも考えられるのです。

語り継ぐのも　体験者の務め

長浜　ヨシ＝82歳

「年々、戦争体験を語り継ぐ方も少なくなったが、風化させてはならない。戦争の悲惨さを語り継ぐためにことしは戦後65年の企画として沖縄タイムスは戦争体験者から聞きとりをしています。話してもらえないかと係りの方から電話があり、わたしは南部の弾丸飛び散る地上戦は見てないよー、国頭《くにがみ》の辺土名（註・本島北部の部落）に避難したことを話すだけだからほかの体験者の方に声を掛けたらと断りました。国頭で避難生活の事を知りたいですお願いしますとのこと。

わたしで良かったら引き受けますと答えました。本社の係りの方が2回聞き取りに来ました。戦前の暮らし、10・10空襲、防空壕生活、辺土名の山奥での食生活。こんな空も見えない暗い山奥でヤーサ死にするより、道に出て青空の下で両手を広げて死んだ方が良いと、山々をさ迷いながら東海岸の道に出ることができたこと、話しました。激しかった沖縄戦の悲惨さを語り継ぐのも生き残ったわたしたちの務めだと思います。（読谷村）＝原文のまま（10・8・19　沖縄タイムス）

この投書は、「語り継ぐ」ことの大切さについて訴えている内容です。なにか話と言えば、ひとつにまとまっていないと話ではないかのように考えがちですが「ある日、ある時、あるところでの出来事」は、大切な内容をもっていると、この投書は言っています。しかし、おじい、おばあから話を聞けるのは、あと数年ではないでしょうか。

そんな時に、ふと思いついたことが一つあります。ハーフムーンと呼ばれる真嘉比《まかび》小学校そばの丘のことです。国際通りの東の入口から1キロ以内のところにあり、そんな身近なところに沖縄戦の激戦地があるのです。それが都市計画によってその丘がくずされようとしています。

一時期、リーマンショック以後、失業対策の公共事業として運営されたりしましたが、その事業に参加した労働者は、それが単なる金銭だけの問題ではなく、結果として遺骨収集の厳粛さに直面させられたというのです。遺跡の発掘にも似た手法での収集には、遺骨ばかりでなく遺品の数々が収集され、それがもとになって本土の遺族に65年ぶりに遺骨とともに返されたということもあるのです。

収集は期限切れとも言われていますが、耐えられない思いに迫られている市民ボランティアがいることも忘れてはなりません。

六　沖縄の「子どもの詩」の系譜

わたしが沖縄に赴任したのが1991年の春ですが、赴任のきっかけになったのは、

1969年に「日米共同声明」が出されることになった年の秋、日本アジア・アフリカ連帯委員会の発意で「本土の子どもと沖縄の子どもの作文交流実行委員会」が作られ、1970年のはじめに「沖縄の子どもと本土の子どもで作文や詩を書きあいましょう」という「よびかけ」が出されました。

そこで刊行されたのが『沖縄の子　本土の子』という子どもの書いた詩と作文の本でした。

わたしは、その編集委員会の一人として参加しました。その時、集まった資料の中に沖縄を特集した『詩人会議』（1970年4月号）という雑誌がありました。子どもの詩がふんだんにもり込まれていましたが、その中に次のような詩がありました。

ふまれても　ふまれても

沖縄県具志川市あげな中学校3年　狩俣　繁久

金網のむこうに
小さな春を作っている
タンポポ
金網の外にも

小さな春を作っている
タンポポ
ひかりいろのタンポポは
金網があっても
金網がなくても
春を沖縄の島に
ふりまいたでしょう
デモ隊に踏まれても
米兵に踏まれても
それでも咲こうとする
タンポポ
強く生きぬくタンポポを
金網のない　平和な沖縄に
咲かせてやりたい

指導・友寄　英子

この詩に接し、本の扉の詩に採用したことを思い出します。わたしにとって忘れることのできない感動的な詩でした。

タンポポを題材にした詩は全国的に数多く1930年にいじめられっ子のM君は次のように書きました。

人にふまれ
ふまれて花咲くタンポポ
タンポポの花　かわいいなあ

と表現しました。これを読みその内容を深く理解した綿田三郎先生は、さっそく学級の仲間にこの詩を提出、いじめられっ子を解消したという実践です。長野県高甫村の小学校の話です。

15年戦争が始まる前の時代、今から80年も前の詩ですが、タンポポはその時代でも子どもたちの心に強く響く力を持っていたのです。その教室の子どもでもあった、今、80歳後半の山岸堅磐さん（元・高校教師）が、今でも恩師の綿田先生を語る時、語る話です。

いっぽう「ふまれても　ふまれても」のタンポポは、どこにいても平和を叫ぶ象徴として、様変わりしているではありませんか。タンポポの強さは、どこへいっても同じ働きに子どもたちには映るし、たとえられるのです。

この詩は、70年代の「うたごえ運動」の中で「タンポポ」と題をかえ大西進の作曲によって全国的に広く歌われ続けたのです。いま60代以上の人たちなら口ずさむことのできるうたです。ちなみに作者・狩俣繁久さんは琉球大学教授で国語を教えています。

戦前、戦後の沖縄の子どもの詩（児童詩）を振り返って考えてみると、この詩集『写真の中の少年』に見られる詩は、戦前にはまったくと言われるほど見ることのできない詩です。この詩の傾向がみられるようになったのは、1960年代と見ることができます。しかし、その時代も、ほんの一部の教師によって指導された傾向が強いようです。

しかし、1970年代になると、「ふまれても」に代表されるような詩が目立つようになりました。それは戦後27年にわたる異民族支配の重しがずっしりとのしかかる現実が子どもたちに覆いかぶさっているからだと思わざるを得ません。

しかし、それが逆に子どもたちの感性を磨くことにつながり、しかも戦争体験に寄り添い継承しようとする力が、書くという行動をとおして一層の知性を産み育てたと考えられるのです。その結果として感動を与える詩集『写真の中の少年』という本書になったのだと思うのです。

未来の子どもたちへの贈りもの

——児童・生徒の平和メッセージ展と沖縄県平和祈念資料館——

沖縄県平和祈念資料館

はじめに

「児童・生徒の平和メッセージ展」事業は、平和を愛する〝沖縄のこころ〟を、沖縄の子どもたちの心の中に育てたい、そして、沖縄の子どもたちが抱く平和への思いを広く全国のみな様に伝えたいと願う平和推進活動です。

平和をテーマにした図画、作文、詩を県内の児童・生徒から募集し、各部門で小・中・高等学校ごとに最優秀賞1点、優秀賞2点、優良賞数点を選出し、それらの作品を6月23日「沖縄県慰霊の日」を皮切りに県内3か所で巡回展示するものです。詩部門で最優秀賞を受賞した作品から1点が、「慰霊の日」に開催される「沖縄全戦没者追悼式」において「平和の詩」として作者本人により朗読されます。

この事業は1991年にスタートしましたので、今年で20回を数えます。20回の節目に駒草出版のご協力を得て、詩部門の最優秀賞を集めた詩集『写真の中の少年』を出版することになりました。この機会に、「児童・生徒の平和メッセージ展」事業の歴史を振り返ってみたいと思います。

この事業は、平和祈念資料館の活動そのものですので、そのあゆみと合わせて振り返ってみます。また、平和祈念資料館の設置は、過酷な地上戦に巻き込まれた沖縄県民の体験に端を発していますので、そこからはじめたいと思います。

住民を巻き込んだ激しい地上戦

65年前、アジア・太平洋戦争の終わりごろ、沖縄で住民を巻き込んだ激しい地上戦がありました。沖縄は55万人の米軍に包囲され、18万人が沖縄に上陸して日本軍と凄まじい戦闘を展開しました。上陸した米軍の数は、沖縄にいた日本軍の約2倍でした。

この地上戦は3月26日から約3か月続きました。その間、米軍は物量作戦によって、海・空・陸から猛烈な艦砲射撃を無差別に行い、おびただしい数の砲弾を打ち込みました。沖縄は5月中旬から6月にかけては梅雨期で、沖縄県民は降りしきる雨に打たれながら、「鉄の暴風」と形容される降り注ぐ砲弾の下を逃げ惑いました。「鉄の暴風」は、民家も田畑も林も野原もあらゆるものを焼き払い沖縄の風景を一変させ、多くの人命を奪う凄まじいものでした。この戦闘で沖縄県民は一般住民9万4千人、軍人、防衛隊、学徒隊など合わせて12万人余、日本軍人は6万6千人、米軍人は1万2千人、合わせて20万人余の尊い命が犠牲になったのです。この悲惨な地上戦のことを「沖縄戦」と呼んでいます。

沖縄戦の特徴は、軍人よりも一般住民の戦死者がはるかに多いことです。一般住民を巻き込む戦闘では、軍人よりも一般住民の犠牲が大きくなることを示しています。

米軍による沖縄統治

戦後の沖縄は、日本本土から切り離されて米軍の統治下におかれました。

米軍は、旧日本軍が建設した飛行場に加え、新たに土地を接収して米軍基地を建設し強化していきました。

沖縄の人びとは半年ほどの収容所生活を経て、戦前に住んでいた地域に戻ることを許されました。しかし、米軍基地として土地を接収された地域の住民は、集落ごと他の地域へ移転せざるを得ませんでした。

その後、米軍政府から米国民政府の統治に変わりましたが、実体は軍政府の延長であり軍事優先の統治にあまり変わりはありませんでした。沖縄では、米軍基地からの騒音被害や米軍人などによる事件・事故の被害が多発して、住民は日常的に不安を強いられました。

1960年代のベトナム戦争においては、米軍機が沖縄の米軍基地に常駐しベトナム出撃を繰り返し、沖縄はベトナムへの出撃・補給・訓練基地となって、沖縄の人びとの意思に反して米国の戦争に加担させられました。

このような軍事優先の支配からの脱却をめざして沖縄県民は平和憲法への復帰を望み、復帰運動が盛んに行われました。

「住民視点の沖縄戦」をテーマにした平和祈念資料館の誕生

多くの尊い命とかけがえのない文化遺産のほとんどを失った沖縄県が、沖縄戦の悲惨さを伝え、平和の大切さを訴えることをテーマにした平和祈念資料館を設置したのは、戦後30年目、復帰の年から3年後の1975年です。戦後、失意のどん底から立ち上がり、沖縄の復興に力を尽くした人びとは、沖縄戦の悲劇を繰り返さないために沖縄戦の体験を語り継ぎ、命の尊さ、平和の大切さを世界に強く訴えることが生き残ったものの責任と考えたからです。

平和祈念資料館は都道府県立では国内初の「戦争と平和」をテーマにした施設でしたが、開館当初の展示物は、沖縄戦で亡くなった人びとの遺骨収集の際に見つかった遺留品や旧日本軍の武器類などが中心で、まるで「旧日本軍の軍人記念館」のようでした。それでは多くの住民が犠牲になった過酷な沖縄戦の実相が見えないという批判が県民から沸き上がりました。そこで県は運営協議会とその下に展示演出委員会を設置して展示構成を抜本的に見直すことにしました。

展示演出委員会の使命は、住民が体験した沖縄戦の実相が見える展示を行うことでした。同委員会は、〝日本軍でも米軍でもない、地上戦に巻き込まれた住民の視点で沖縄戦を捉える〟という視点を貫くことが、国家や民族を超えた弱者が捉える〝戦争という魔物〟を見る普遍的要素を追及することができると考えました。

一般的に、博物館や資料館のように展示活動が中心の施設では実物資料である「モノ資料」が観覧者へ語りかける大きな力となりますが、沖縄では、砲弾が絶え間なく降る大地を右往左往し、阿鼻叫喚の中を逃げ惑った人びとのようすを語る「モノ資料」は殆どありませんでした。そこで重要になったのは、鉄の暴風をくぐって九死に一生を得た人びとの記憶でした。同委員会は、「住民が巻き込まれた戦場における生きざまと死にざま」は「住民証言」という形で表すこと以外にないとの結論に達し、住民の証言を文字にして展示を構成することにしました。

「住民視点の沖縄戦」で平和を語る平和祈念資料館

祖国復帰の1年前の1971年、琉球政府の最後の年に『沖縄県史　戦争体験記録1』が上梓され、1974年にはその続編で、沖縄県全域の戦争体験を網羅した『沖縄県史　戦争体験記録2』が刊行されました。そこには沖縄戦の激戦の舞台になった沖縄本島中南部戦線の住民の戦争体験記録が綴られていました。また、砲火の下を、降りしきる梅雨の中を、幼子やお年寄りを連れて逃げ惑った人びとの忌まわしいさまざまな体験が生々しく語られていました。これらは、戦闘に巻き込まれて亡くなっていった人びとの無念の思いを代弁することばでもありました。

平和祈念資料館では、これらの体験記録を拡大文字にして「証言本」を展示しています。体験者の証言は「モノ資料」を凌ぐ力で観覧者の心に戦争の悲惨さ、愚かさ、平和の大切さ、命の尊さなどを静かに語っています。

〝沖縄のこころ〟

このようにして誕生した平和祈念資料館の設立理念には、「この戦争の体験こそ、とりもなおさず戦後沖縄の人々が米国の軍事支配の重圧に抗しつつ、つちかってきた〝沖縄のこころ〟の原点であります。〝沖縄のこころ〟とは人間の尊厳を何よりも重くみて、戦争につながる一切の行為を否定し、平和を求め、人間性の発露である文化をこよなく愛する心でありま す。」と謳っています。そして、「全世界の人々に私たちのこころを訴え、もって恒久平和の樹立に寄与するため、ここに県民個々の戦争体験を結集して沖縄県平和祈念資料館を設立いたします。」と掲げ、世界に〝沖縄のこころ〟を発信し、世界の恒久平和を願うとしています。

沖縄の視座から平和発信

沖縄県が平和祈念資料館を設置したことのねらいは大きく二つあります。一つは、沖縄戦の歴史的体験と平和への教訓を次代へ継承すること。二つ目は、沖縄の視座から平和を発信することです。そのねらいを達成するために、２０００年に移転改築した資料館においては沖縄戦の実相を展示することと合わせて平和学習の拠点施設としての機能を充実させました。子どもたちが沖縄戦の実相を知り、広く世界に目を向け、世界にある平和を脅かすさまざまな問題に気づき、感じ、理解し、調べ、平和創造の行動に繋げるきっかけ作りに工夫を凝らしています。

紛争・戦争は相互理解・尊重などで予防することができます。戦争を憎み、戦争を許さない努力が絶えず必要であることを子どもたちが豊かな感性で感じ取ってもらいたいと考えています。

戦争体験を風化させない取り組み

多くの住民の体験を結集してできた平和祈念資料館ですが、沖縄戦の体験について未だに語れない人びとがいます。何年が過ぎようとも、あの忌まわしい出来事を振り返ることが大変な苦痛なのです。また、戦後65年が経ち、記憶があいまいになっていく人びともいます。積極的に語り継いでいかなければ生々しい記憶や印象は時の経過とともに次第に薄れていきます。

沖縄県は、戦争体験とその教訓を後世に語り継ぎ、〝沖縄のこころ〟を広く発信するために、平和祈念資料館の設置のほかにさまざまな取り組みをしています。6月23日「沖縄県慰霊の日」の制定、国籍や軍人、民間人の区別なく沖縄戦などで亡くなった全ての人びとの氏名を等しく石碑に刻銘した平和の礎の設置、沖縄平和賞の授与などです。

「慰霊の日」には毎年「沖縄全戦没者追悼式」が開催されます。ちょうど梅雨明けのまばゆい太陽の光が肌を射すこの日、沖縄戦を生き抜いてきたお年寄りたちは、子や孫を伴って参列します。梅雨になると雨の音と湿った空気に当時の記憶が呼び覚まされ、「慰霊の日」には高齢の不自由なからだを押してでも参列するのです。そして、同伴の子や孫は祖父母の体験や心に強く抱いている非戦の思いを継承していくのです。また、6月には、県内の小・中・高等学校では、沖縄戦をテーマとした平和教育を行うことが定着しています。体験者を招いて体験を聞いたり、展示会を開催したり、戦跡を訪ねたり、朗読会をしたりと取り組みはさまざまですが、沖縄戦の歴史的教訓を継承することの大切さを全ての沖縄県民が共有しています。

基地と不発弾の日常と平和学習

このように、沖縄戦の体験は語り継がれ平和の大切さを訴えていますが、米軍基地の存在が住民の平穏を脅かしています。平和憲法に復帰して38年経った今も、わが国の国土面積のわずか0・6パーセントの小さな沖縄に、日本にある米軍基地の74パーセントがあるのです。

戦後生まれの世代にとっては、米軍基地があること、基地からの騒音被害、米軍人による事件・事故の被害、米軍機墜落の不安などは日常のこととなっており、平和学習などで沖縄戦を学ぶことによってはじめてそれが当たり前ではないことに気づきます。

また、不発弾がいたるところで発見され、それを処理する間は住居や職場などからの避難を余儀なくされる状況が多数あり、沖縄戦の痕跡が戦後65年目の今も県民の命を脅かしている状況に慣れっこになっている戦後世代も、平和学習によってそれが当たり前でないことに気づきます。

「児童・生徒の平和メッセージ」の発信力

「児童・生徒の平和メッセージ展」は、①沖縄戦の体験と教訓を次の世代へ語り継ぐ、②沖縄の視座からを発信するという資料館のねらいを最も良く体現する事業です。当初は図画、作文、詩の総数が５４８点だったのが、20回目の今年は４，６２１点の応募がありました。子どもたちは作品づくりを通して〝沖縄のこころ〟継承します。

子どもたちの作品には、身近な方の体験談、沖縄戦の状況を今に留める多数の痕跡、基地と不発弾の不安な日常などから平和について深く考え、未来への希望を描き、平和を愛する心、平和を創造していこうとする力強い意志などが表現されていて、県民から高い評価を得ています。

「沖縄全戦没者追悼式」において「平和の詩」がはじめて朗読されたのは、メッセージ展２回目の１９９２年でした。その後、毎年発表される「平和の詩」への県内外の反響は大きく、20回までの作品の中には、全国で採用されている国語や道徳の副読本に掲載されたり、学校放送用にテレビ番組が制作されたり、曲がつけられたり、絵本が発行されたりするものなどがあり、子どもたちは体験者から継承した〝沖縄のこころ〟をいろいろな場面で力強く発信しています。

「児童・生徒の平和メッセージ展」事業は学校教育との連携・協力で行われています。作品募集は毎年5月となっており、学校における5月は、子どもたちにとっては新しい環境に慣れるための大切な時期であり、現場の先生方にとっても非常に多忙な時期ですが、それにもかかわらず応募件数は年々増えています。このことは、先生方も沖縄の歴史的体験と教訓を次世代に継承していくことの重要性を認識しており、子どもたちの平和メッセージを発信することが平和創造の大きな力になると信じていることの表れと、学校における平和教育の取り組みに意を強くし感謝しているところです。

おわりに

平和を希求し創造する心は誰もが求めることだと思いますが、残念なことに世界では今も国家・民族間の戦争と紛争が絶えません。

沖縄の人びとは、平和祈念資料館における沖縄戦の実相を伝える展示のエピローグを次のことばで結びました。

沖縄戦の実相にふれるたびに
戦争というものは
これほど残忍で　これほど汚辱にまみれたものはない
と思うのです

この　なまなましい体験の前では
いかなる人でも
戦争を肯定し美化することは　できないはずです

戦争をおこすのは　たしかに　人間です
しかし　それ以上に
戦争を許さない努力のできるのも
私たち　人間　ではないでしょうか

戦後このかた　私たちは

あらゆる戦争を憎み
平和な島を建設せねば　と思いつづけてきました

これが
あまりに大きすぎた代償を払って得た
ゆずることのできない
私たちの信条なのです

沖縄の子どもたちのひたむきで純粋な平和メッセージは、沖縄戦を体験した人びとの証言同様、時代を越えて次の世代へ伝えられるとき、新たな時代の子どもたちへの贈りものとなります。この贈りものがだんだんと大きくなり、平和な島、平和な国、平和な世界を建設することにつながってほしいと願っています。

最後になりましたが、この詩集の出版にあたって多大なご尽力をいただきました駒草出版の村山惇様、「平和メッセージの詩の背景」を寄稿してくださった太田昭臣様をはじめ関係者のみな様に心から感謝を申し上げます。

平成22年10月

（館長・大川芳子）

沖縄県平和祈念資料館

〒901-0333　沖縄県糸満市字摩文仁614-1番地

TEL　098-997-3844　FAX　098-997-3947

HP　http://www.peace-museum.pref.okinawa.jp/

20万人余の命を奪った沖縄戦。住民を巻き込んだ国内最大規模の地上戦であった。この沖縄戦の実相を後世に正しく伝え、平和を大切にする「沖縄のこころ」を世界に発信し、人類の恒久平和に寄与するため、県民個々の戦争体験を結集して設立された。

装　丁：高岡雅彦（ダンクデザイン部）

写真の中の少年

沖縄発　児童・生徒の平和メッセージ

二〇一〇年一〇月三〇日　初版発行

編著者　沖縄県平和祈念資料館

発行者　井上　弘治

発行所　駒草出版　株式会社ダンク 出版事業部

〒一一〇-〇〇一六

東京都台東区台東一-七-二秋州ビル二階

TEL　〇三（三八三四）九〇八七

FAX　〇三（三八三一）八八八五

http://www.komakusa-pub.jp/

印刷・製本　モリモト印刷株式会社

落丁・乱丁本はお取り替えいたします。

定価はカバーに表示してあります。

ISBN 978-4-903186-86-3